こんな思春期
あんな青年期

「非行」と向き合う親たちの会編

こんな思春期、あんな青年期

目次

■経済成長、学生運動、抵抗と挫折と

■TVゲーム、コンビニ文化と共に

はじめに

本書には、現在八十代から二十代の七十六人の方々の思春期・青年期の頃の思いやエピソードが綴られています。

その中には、「告白」に近い、にがさや苦しさを伴ったものもありますし、当時は見えていなかった自分の心の奥底に光を当てたもの、また、時代を強く反映した青春の姿もあります。

これらは、「非行」と向き合う親たちの会（通称・あめあがりの会）が毎月発行している『あめあがり通信』の巻頭に「私の思春期・青年期」と題して、二〇〇五年から二〇一六年の間に掲載されたエッセイです。さまざまな分野で活躍している方々に寄稿していただき、毎号、読者の皆様からたくさんの反響が寄せられてきました。

「自分の中で封印していたものを解きました」といった言葉が添えられた原稿や、「あの頃の心に戻ることができた」といった思春期の自分を愛おしく書いてくださった原稿、親との葛藤、受験のつらさ、友達関係などなど……。すっかり大人になって、社会で活動している人たちにも、こんな思春期・青年期があったのかと、人生の奥の深さを改めて感じることと思います。

本書では、年齢の高い方から順番に収録しました。

ぜひ、感想をお寄せください。

二〇一八年二月一日

「非行」と向き合う親たちの会　代表　春野すみれ

※なお、現時点で連絡がとれないために掲載を見送ったものが数点ございます。心あたりの方は、連絡いただけましたら幸いです。

戦争があり、戦後があった

■クラス全員が海軍航空隊を志願

元中学校教師　後藤　重三郎

「お前たちは、この非常時にまだのんびりと上級学校に進学などする気か。戦況は苛烈を極めている。一刻も早くお国のために航空隊を志願せい」

配属将校に怒鳴られて、私たちの血は燃えた。

時は一九四三年、私は当時十七歳、名古屋市の旧制商業学校五年生だった。私の母校は野球では甲子園大会に何度も優勝し、剣道では全国大会に連続優勝という学校で、私はその剣道部員であった。

その学校の進学クラス在学中の私たちに、風当たりは強かった。「やろうぜ。どうせ俺たちの人生は二十年だ。全員で予科練（海軍飛行予科練習生）を志願しようや」。クラスの意見は一致して、全員が志願することに決めた。新聞にも大々的に報道されて、大きな話題になった。当時の学校は夏休みも全廃になり、土曜日の午後も授業があり、日曜日にも部活動があった。軍需工場への勤労動員は断続して行われ、正月二日から登校して、講堂で座禅の修行をさせられた。授業も軍事教練がむやみに多く、とにかく学校全体が異常な状態になっていて、とても学習する雰囲気などなくなっていた。

そのとき私たちの担任だった酒井先生は、意外にも「航空隊へ行くばかりがお国に尽くすことではない」といって反対をされたのであった。アメリカの大学を卒業した先生は、この戦争は勝てないという見通しがあったのだろうか。母子家庭の私には特に熱心だった。

家族の反対や、行くなら陸軍士官学校や海軍兵学校を受けよと説得されて中止するものも多くなったが、それを振り切って受験して、全校で数十人の生徒が合格して出征していった。中に札付きの非行生徒として、学校から睨《にら》まれていたA君が、日の丸の襷《たすき》をかけて颯爽と先頭に立って出て行った姿が目立っていた。

だが彼らを迎えた海軍は、殴る蹴るの暴力教育の上に、胃袋を小さくする訓練と称して、十分な食事も与えてくれなかったそうだ。

しかも彼らが憧れた飛行機には、誰も乗れなかった。もう練習機もガソリンも無かったのだ。彼らは人間魚雷の「回天」や、体当たり専門のモーターボート「震洋」に乗る特攻隊に志願させられた。彼らはそれを海軍魂ではなくて海軍騙しと言って従わされたという。

残った私もその一年後、陸軍に召集されて遠い中国の奥地、ソビエト軍と向き合う国境最前線に送られた。

苦い青春の思い出である。

■私の原点

元家裁調査官、「非行」と向き合う親たちの会副代表　浅川　道雄

（一九四五年八月十五日の前夜、十三歳から十四歳、十五歳にかけての記憶は鮮明です。世の中が足もとからくつがえり、崩れ去って何一つ手がかりのない空間に、独り投げだされていた――ほかでは決して体験できない一時期を味わった――骨に刻み込まれた記憶なのです）

一九四五年五月二十五日の東京大空襲は、父母と共に住んでいた目黒区内の自宅を焼き、着の身着のままで辿りついた八王子の家も、八月一日の空襲で灰燼《かいじん》に。繰り返し焼夷弾の雨を浴び、炎の下を逃げ回り、破局に向かって日一日と高まる緊張の中で、どうしたら「天皇陛下万歳」と叫んで立派に死ねるのかだけを必死になって考え続けていました。

当時、私は府立中学の二年生でした。

口外することはもちろん、予想も許されなかった敗戦は、突然のことでした。

「終戦」は一種独特の解放感と、急に身に沁みた「被災者」の不安と、心も身体もやり場

のない、空虚さをもたらしました。それとともに、「もうこれからは、死ななくてもよいのだ」という、ほっとする思いが、足許から全身に沁みわたってきました。

一挙に転落した暮らしの貧しさのなかで、何もかもが思うようにならないもどかしさに耐えるために、哲学書を読み、文学書をあさり、詩を読み、詩を書きました。詩を書くことは現実の厳しさから目をそらして、観念だけでも解放したいと願う、幼い心のもがきでした。

高校の仲間から文学サークルが生まれ、四百字詰めの原稿用紙に書いたものをそのまま綴じて表紙を付け、回覧しました。卒業後も、同じ仲間とガリ版刷りの『脈流』という同人雑誌を刊行しました。そこに私はいくつも詩を寄せ、その内のいくつかは寄稿していた『新日本文学』に転載もされました。

日本中が疾風怒濤の時代でした。労働運動・学生運動が高揚し、ラジオを通して津々浦々まで労働歌が流れ、革命という言葉さえ、現実味をもって語られていた時代でした。

私はその時代のうねりの中で、二度と支配者に騙されず、時代の空気にも酔わないでシラフでいたいと自分をいましめ、いくつもの試行錯誤ののちに、〝人間・個人の尊厳こそがすべての出発点だ〟という、戦時中とは正反対の新しいものの見方、民主主義を学び、それを生きてゆく支えとして選びとり、身に付けたような気がします。

しかし、雲の切れ間から青空が見えていた明るい時代は短かったのです。わずか五年足らずの一九五〇年五月には、朝鮮戦争が勃発します。時代が一気に逆転し、平和と民主主義を叫び続けた恩師、先輩たちが地位を追われてゆきました。

この時から私は、絶望したくなる気持ちを励まし、世の中の動きは人間が造っているのだから、仲間と力を合わせればなんとかなると信じて、逆風に顔を背けずに「平和」と「民主主義」を守って生きる決意を固めないわけにはゆかなかったのです。

私が大学の哲学科一年生になったばかりの時です。

親友

元家庭裁判所調査官　野口のぶ子

あれは終戦の翌年だったろうか。終戦直後の空襲で廃墟と化した日制高等女学校の焼け跡の、まだ焼けこげた廃材の残る校庭で、にこにこ笑っている見慣れない一人の少女と出会った。K子との出会いだった。彼女は終戦による台湾からの引き揚げ子女だった。学制改革で、女学校から新制高校の併設中学に変わった中学二年に編入学してきたのだった。校舎はバラックだった。偶然にもクラスが一緒になり、自宅も隣村だったので、中学からの帰り道の三分の二、約四キロが同道できるということも重なり、たちまち意気投合してしまった。

頭脳明晰で、外地の経験もあり知識の豊富な彼女は、たちまち学年でも目立つ存在となった。しかし、私には彼女との学内での交友の記憶はほとんどない。すべては下校時の交友に凝縮している。高校一年を終えるまでの三年間は、ほとんど毎日下校を共にしていた。同方向に帰る学友は他におらず、濃密な時間だった。

彼女は海外での成功に挫折した父君と、一種の傑物で進取の気に充ち満ちた母君との間に起きた葛藤に悩んでいた。私は同情もしたが、寒村の小地主で家族制度にがんじがらめになっている父母しか知らない私には、彼女の両親の葛藤そのものが新鮮だった。家庭的な悩みや将来の夢、新制高校に進学して初めて出会った男子生徒たちの噂。二人の意中の人はいずれも頭が良くハンサムだった。

読書熱に捉えられたのもこの頃だった。下校途中に女主人が経営する貸本屋があり、純文学から大衆小説まで、乱読し尽くした。新しく借りた本への関心が抑えきれなくなると、二人が分かれる道の五〜六分手前の地蔵堂に立ち寄り、その木製の階段に地蔵様をお尻にして座り、借りた本を読みふけるのだった。

ある日突然、K子が思いがけないことをした。下校途中乾物屋のような店に飛び込むと、一本の棒麩《ぼうふ》を抱えて戻ってきた。お惣菜の材料にするものである。何にするのか不思議に思っていると、彼女はいきなりその麩を二つに折り一本を私に渡し、手元の一本を歩きながらかじり始めたのである。思えば当時は食糧難で、彼女はまた特別の食いしん坊であった。

棒麩をかじりながら読書し、将来の夢を語り合ったあの数年の中に、私の思春期は凝縮している気がする。二人の夢は作家になることだったが、夢かなわず、彼女は医者に、私は家裁調査官になった。社会人になり、それぞれ家庭を持ってからも交流は続いていたが、一昨年難病にかかり彼女は他界した。私の喪失感は未だに癒えることがない。

■私も「不良少年」だった

元中学校教師、NPO法人非行克服支援センター理事　能重　真作

敗戦の翌年、東京府立の旧制中学に入学した。比較的上位の成績だったために親が大きな期待を寄せた。父も母も小学校教師だった。それがたまらなく窮屈だったということもあったが、東京の中学生の「不良」の格好よさに憧れて不良仲間に入った。勉強は一学期で投げ出した。

自由な学校だったが、やはり校則があった。帽子を阿弥陀にかぶり、高下駄を履いて学校に行った。教師に見つかって厳しく叱られたこともあった。上級生に呼び出されて殴られたこともあった。ときおり授業を抜けて仲間と浅草に映画を見に行った。隠れてタバコも吸った。けんかもゲーム感覚でよくやった。相手が一年上の上級生ということもあった。ただ、弱い者いじめはしなかった。けんかにも暗黙のルールがあり、複数で一人の相手に暴力を加えたり、物を持ったりするのは卑劣な行為とされた。相手が抵抗しなくなった時点でゲームは終了する。

政治思想家の藤田省三は「不良精神の輝き」という小論で、「制度のなかできめられた

方向にのみ向かって走る優等生体制への異議申し立て行為をする存在として『不良』をとらえている」と書いている。私の場合は、そのように格好のいいものではなかった。遊ぶことが好きで、枠にはめられるのが嫌いでしていただけだったように思う。

ただ、好きな文学書だけは手放さなかった。国語の教師だった父の蔵書の小説などは中学生のときにほとんど読み終えていた。神田の古本屋にもよく通った。数年前、同期会の席で、中学時代の担任の教師から「君は怖い生徒だった」と言われ、改めて当時の自分について考えてみた。

早熟だった私は、大人たちの生き方に疑問を抱き、親や教師の言動に過敏に反応する少年だった。戦争そして敗戦という激動の時代。価値の百八十度の転換。大人たちの無責任さと狭滑さ。青臭い理屈を並べて親や教師に反抗した。ときには、校長室まで押しかけて、自分が納得するまで食い下がった。「大人なんて信じられない」という子どもの気持ちがよく分かる。

しかし、「不良」なんて少しも格好のいいものではない。ただ、そのような青春時代を過ごしたおかげで、自分にとって本当の味方は誰か、怒りをぶつけ闘わなければならない相手は誰かが分かるようになった。負けるけんかはしないこつも身につけたと思う。地位や立場で威張る人間、弱い者いじめをする人間は大嫌いである。人に媚びるのも嫌いである。不当な支配や権力に対する反骨精神も、この時代に培われたものだと思っている。

■授業放棄という「事件」

北多摩東退職教職員の会会長　安納　一枝

「みなさん、お願いがあります。よく聞いてください」

突然教室に入ってきた上級生が声を張り上げた。ふだんは遠い存在であるお姉さまたち（私は旧制女学校の最後の入学者なのです）がなにごと？——休み時間特有のざわめきがすうっと消えた。「これからの授業は受けないで、廊下に並んでいてほしいのです」

理由はこうだった。「上級生たちの担任であるU先生が、学期の半ばであるにもかかわらず解雇されることになってしまった。納得がいかないので校長先生のところに話しに行きたい。私たちの力だけでは小さいので応援してほしい。話が済むまで廊下に出ていてくれることが応援の意思表示なのだ」と。

一人立ち、二人立ち、あとはゾロゾロ続き、教室には誰もいなくなった。授業に出てきた先生たちの叱責も制止も、何の効も奏さなかった。全学、授業放棄。「みんなやってるよ……」ひそひそ声が伝えてきた。

私たちは相談する間もなかったのに、なぜ動いた？

生徒と一緒にシラノ・ド・ベルジュラックを演じるU先生を、私たちは学校祭で見ていた。その先生のために校長先生に直談判をしようという思い切った行動を起こそうとしていることに、熱いものを感じた。そして何よりも、理不尽なものは許さないという思いを行動に移せる人たちがいることに驚嘆した。子どもと言われる者でも大人に抗議していいんだ。イヤと言えるんだと気づかされたのが嬉しかった。だから〝動かされた〟のではなく、〝動いた〟のだ。

十五年戦争が日本の敗戦で終結した翌年、私は旧制女学校の生徒になりました。〝民主主義〟ということばと初めて出会い、当時の文部省が一九四七年八月に発行した『あたらしい憲法のはなし』という教科書で、国民が国の主人公になったこと、再び戦争はしないと誓ったこと、基本的人権を保障すると明記していることなどを教えられました。それでも自分のこととして行動につなげるところまではいっていなかった私でした。

今でもこのできごとをしっかり記憶しているのは、私の生き方の基盤を作った事件だったからだと思っています。

■少年期の私

元家庭裁判所調査官　中嶋　庄亮

私は、今の学制でいえば小学五年生の時から毎日曜、日本基督《キリスト》教団の教会に通い、教会学校で聖書を学んで、高校一年で洗礼を受け、クリスチャンになりました。

使徒パウロの信仰に共感した私は「イエスキリストの死と復活の経緯が人間と神との関係を修復し、律法から人間を解放して自由にする」というパウロの信仰を「全ての枠組から解放され、自由に生きることができる」と拡大解釈し、自分の信仰としたのです。

G学園に補導委託されていたA少年は、「試験観察が早く終わり、社会で自由に暮らす事に憧れていたけれど、自由に生きることは本当に厳しい……」と語ったそうですが、私も心の底から同感しています。

B少年は「青春の思い出に暴走族に入った」と鑑別所で語りましたが、私は「青春の思い出に東大を受験し」合格しました。その後「大学より教員を選んで受験しなさい」と言われた担任の言葉を思い出したけれども、「後の祭り」でした。

そのため、一年留年して卒業。卒論作成中に家庭裁判所調査官補の仕事こそカルビンの言う召命と観念して受験、合格はしましたが、自分の様々な思いを統合するには到りません。

任地が決まる前、レーニンの『唯物論と経験批判論』は、イデオロギーにかかわらず頭の整理に役立つと聞き、この書物で弁証法的唯物論と史的唯物論を学び、パブロフの『大脳生理学』にも接しました。高校生の時に読めば、楽しい大学生活が送れたと思いました。特に言語を含めた精神現象を「大脳の機能である」と理解した事が大きかった……。

これが、少年期の基本的な出来事です。

三位一体の神を拝むけれどもペコペコせず、異教の神仏にも礼儀正しく接し、朝日新聞、日本経済新聞、赤旗新聞の三紙の購読とテレビ視聴でこの世の動きの大要を知り、たまに眼を引いた本を読み、家族を大切にして必要な付き合いも欠かさず、器量を弁《わきま》えて厳しさの中で自由に生き、自然体で死ぬまで生きる道が開かれました。

ご参考までに、元の職場では「ショースケの話は難しくて判らん……」「庄亮の情勢分析だけは確かだ……」等と言われましたが、「よく見ていたなあ！」と思います。

■仲間と共に大将に立ち向かっていった日

元保護観察官、ヒューマンサービス研究ネットワーク代表　北澤　信次

いじめに耐えられず校舎から飛び降り自殺した高校生のニュースを聞くと、似たような絶望の日々と、そこから抜け出した経験が蘇る。

ぼくは長野県の山村生まれだが、幼い頃から街で育った都会っ子、戦時は東京都立川市にいた。この飛行場の街でよく児童雑誌を買ってもらい、搭載の図面や解説を頼りに模型飛行機作りに熱中し、仲間とは戦争ごっこを繰り返していた。戦雲は近づいていたが、子どもの世界は楽しく、冒険に満ちた生活があった。ところが三年生のとき、環境は一転した。学童はみな疎開《そかい》することになった。父は長男の私だけ独り郷里に縁故疎開させた。敗戦の翌年には家族も郷里に結集したが、都市転入制限令で街に帰れなかった。

山村では子どもも農作業や山仕事に駆り立てられ、都会育ちには過酷な日々だった。何より参ったのは、子どもの中に「大将」と呼ぶボスが生まれ、巧妙ないじめで学年中を支配した。どんなに巧妙かというと侠客・清水次郎長一家に倣《なら》って、大将が「親分」、体が一番大きい子が「大政」、体は小さいが敏捷《びんしょう》な子が「小政」として付き従い、「石松たち」

という取巻き衆がいるという構造で、大将には、時々、珍しい消しゴムやお菓子、美しい石ころなどの「宝物」を献上してご機嫌をとらなくてはならない。大将のご機嫌を害するといじめられる。いじめは学校からは「ご法度」なので「きたえる」と称し、大将の目配せ一つで石松たちの誰かが「ふざけっこ」の形で掛かってくる。教室でも真っ先に手をあげると、「出過ぎた奴」として後できたえられる。こんな理不尽ないじめの日々に「今にみていろ、六年になったら中学校に合格して村を出てやる」との希望にすがって耐えていた。進学は、配給通帳をもって都市に出られる例外だった。

ところがぼくが六年生になったとき、学制改革で中学校がなくなってしまった。児童会長にも選出されたが、教室の外では相変わらず大将の支配が続いた。中学校進学による脱出の希望が絶え、絶望したぼくは、集団登下校を逃れ、放課後は毎日、図書室に篭り続けた。一カ月もすると読む本もなくなり、古い百科事典を読んでいた。この行動はサインになった。ある日の帰宅途中、大政がひとりで追い掛けてきた。大政はいう、俺たちは遠い親戚、今や民主主義の世の中、大政なんていう子分はもういやだ、一緒に大将をやっつけようと提案してきた。その後十カ月間も戦記物のような謀議を繰り返し、大将打倒の革命を計画し、ぼくが委員長、大政が行動隊長になり決起し、大将を打倒した。その結果、いじめの恐れなく教室で手を上げられるようになった。

この仲間と共に立ち上がった経験が後のぼくの行動の原点となった。

■懸命に生き、愛した日々

編集プロダクション経営　田中　郁

高校を卒業後七年間、東京都内のある百貨店に勤めた。昭和三十一（一九五六）年入社、同三十八年の退社である。七十歳を超えた人生の一割でしかないのに、この年月は自身の歴史のなかのどの部分よりもひときわ鮮やか。ここでの出会いや体験が、今の自分の基礎をつくった貴重な数ページとして、いつも心の中の特別な存在である。

人生の花の時代だからと言ってしまえばそれまでだが、青春真っただ中であればこその懊悩の記憶も実は生々しい。経済が大きく成長を遂げようとする時代だったから、本支店合わせて同期入社の仲間は八十人ほどもいて、仕事は楽しく、今よく言われるイジメや競争や、なんとかハラスメントなど、当時のあの職場にはどこにもなかったように思う。

そういう中にいながら、いったい自分は何者なのか、何がしたいのか、どう生きていくつもりなのかが掴《つか》めず、苦しかったのである。

いくつかの恋もした。あの頃の百貨店には素敵な男性がたくさん働いていた。山岳部なんぞという部活もあり、私はそこで活躍する一人の山男を好きになった。しかしいかにせんライバルが多くて、彼は、私と同期で美人の誉れ高いK子とあっさり結婚してしまった。彼女もグループの一員で、一緒に大菩薩峠などに登った私は大いに傷ついたのであった。

また、この百貨店で私は労働組合の専従書記を二年間つとめた。それも生涯の宝物を得た貴重な時間となった。折から六〇年安保。連日のデモは私にとって大好きな仲間たちとその時を共有する楽しさでいっぱい。今思えばとても闘争などと呼べるものではなかったけれど。そしてこのとき、私は妻も子もある、組合の役員に恋をしてしまったのである。それがどう展開し、どう決着したかは省くが、苦しみ、涙しながらも彼を真剣に好きになったことは、私を大きく成長させる結果となった(と、あとで気づく)。

周囲の同僚は次々に結婚し、当然のように職場を去っていく。自分はどうなんだ、どうするのだと自らを追いつめ、いつまでもここにいては何も展望が開けない、そう思って退職を決意した。自立を目指そう、遅きに失したが何か専門的なスキルを身につけよう。しかし、ゼッタイ結婚もしたい。相手を見つけねば——ここに至って、私はやっと本当の自分自身と巡り合えた感がある。

七年の歳月、それなりに懸命に生き、愛したことで、愛される自分を知ったこと。デモのスクラムのなかで、平和を思う自分を獲得できたこと。そして山への憧れの気持ちは今もそのまま。あの山々の風景とともに、いとおしく青春の日々を思うのである。

人と人のつながりの大切さ

元教師　鳥海　永

放送で私の名前が呼ばれている。友達が「どうしたの？」「何かあったの？」と集まってきた。生徒指導教諭に呼び出されたのです。

職員室に入っていくと、「昨日はどこにいた？」と。「あっ」と思いました。放課後、大学生と二人で大社の中を、おしゃべりしながら歩いていた所を見られたようです。「すみません、お友達とお話をしていました」「楽しそうだった、君にボーイフレンドがいるとはなぁー、驚いたよ、相手は？」「N大の一年生です」「まあ昨日は二人とも制服だったし節度を守るタイプに見えたので、今日のところはここまで……」と席を立って行ってしまわれた。担任が「良かったね」。私はホッとしました。

大学祭を一人で観に行って、目的の場所が見つからず、ウロウロしている時、案内してくれたのが彼でした。それから後、私たちは、時間が合うと三島の街を隈なく歩きました。こんなに話ができるものかと思うほど、話をしました。彼は大きなお寺に生まれ、僧になるのが嫌である事、年末には大掃除や新年の仕事を手伝うために、毎年帰る事など、私の知らない世界の話を、たくさんたくさんしてくれました。
人は生まれて、自分の生きる道を探し当てるまでには、長い間考えたり、悩んだりしながら歩んでいくのかも知れないなーと思いました。私が男性とこんなに話ができるなんて、自分が一番驚いているのです。無口で不器用で人と話をすることがにがてでした。指名されなければ答えることもしないという、消極的な子でした。人は人によって変わっていく。私の高校時代の青春の一ページです。

中学のクラスメートの男の子は、毎日乱暴をして級友を泣かし、机や椅子を校庭に投げる。教師に叱られてやっと座る、何かあると彼が叱られている。彼は勉強も運動もできるリーダーでもあり、お母さん思いのやさしい心を持っている人なのに、と思っていました。月日がたち、お互いに学校に勤務しました。「学校の先生って大変ですね」、ボクが中学の時、叱られた半分は自分がやった事ではない。弁解はしなかったが、それで良いと思っている。今の子どもは「けんか」をしない、けんかをすれば、いつまでもいじいじしない、「いじめ」はないよ、でも今の子はけんかもできないいんだね——と書いてきました。彼は「寂しかった」のではないかと思います。母一人子一人の家庭で、いつも寂しさをかみしめていたのではないでしょうか？　強がりを言い、乱暴する事で、気を晴らしていたのでしょうか。素直になれなかった彼も、人と接する事で自分自身を取り戻したのではないだろうかと思いました。

　人と人とのつながりは大事にしたい。人とけんかをしても人を憎むことをしなかった彼は、五十歳の若さで亡くなりました。最後の面会者となった私は、彼が素晴らしい教師であり人間であったことを忘れない。

■温厚な兄の自死に

元中学校教師　岩瀬　暉一

中学校に入学した一九五二年は、朝鮮特需で経済復興が進み、焼け跡も姿を消しつつあった頃である。五歳の時遭遇した東京大空襲で一家六人が奇跡的に助かったけれども、戦後の我が家の生活は、六畳一間の間借り生活を強いられ、貧乏暮らしが続いた。朝鮮戦争休戦後の不景気は我が家の家計をどん底に陥れた。

小僧時代から証券会社一筋に真面目な皇民として生きてきた父は、敗戦の打撃から立ち直るのに時間を要した。朝鮮ブームで開きかけた展望も失い、酒に加えてパチンコにも凝るようになった。そんな父に私は反抗的になっていった。負担は母と兄の肩にのしかかった。東北育ちの元看護婦の母は、戦後の食糧難の時代の家計を切り盛りし、よく働いた。内職の編み物で凝った母の肩もみをよくした。

私に大きな影響を与えた八歳年上の兄は、商業高校を卒業して資本の総本山の経団連に勤めたが、やがて法政大学経済学部の夜学に働きながら通った。母もついつい苦しい家計の助けを兄に求めた。あと一年で大学を卒業という時に兄は大学を辞めると言った。学費を払えないところまで追いつめられていた兄が、鬱の状態になっていることに誰も気がつかなかった。「お前は割り切れていいな」と、温厚な兄がある時ぽつりと言ったことがあった。葛藤していたに違いない兄を当時の私は理解できなかった。それどころか、兄の懐を狙って、小遣いをせびっていたくらいであった。

少年時代は、モノがなかったけれども今の子どもたちより精神的には満たされていたように思う。貧乏ゆえの嫌な、複雑な思い出や、つまらないことで傷つけられたりしたこともあったが、それを忘れさせる楽しい思い出の方が大きい。学校でも地域でも季節に応じてさまざまな遊び道具を工夫して作り、よく遊んだ。特に親しかったT君とは彼が引っ越した後も、よく泊まりに行った。いたずらや悪さも含めて彼と行動を共にすることが多かったが、本を一層読むようになったのも兄と博識な彼の影響が大きい。中二の時から場末の映画館で三本立ての映画をよく見たが、二人で学校をサボって映画を見に行ったこともあった。地域では異年齢の子どもたちといろいろな遊びをした。小学校の時は、中学生のボスに連れられて奢《おご》ってもらったり、縁日でアイスキャンデーを売ったこともあった。朝鮮ブームの時は小遣い稼ぎに屑鉄を集めたりした。中学生になると、野球チームをつくり、日曜日というと早朝から朝飯も食わずに試合をした。

高校受験を一週間後に控えた二月の週末の午後、警官が訪れ兄の自殺を告げた。

兄は私淑していた白河の叔父を訪ねようとしていたのだろうか。父は「ここまで育てたのに」とつぶやいた。亡骸《なきがら》を引き取りに行った母は、運んでくれた軽トラの荷台で兄を「抱いて帰る」と言って、棺に納めるのを手こずらせたと父にあとで聞いた。

私は兄の代わりにしっかりしなければと心に決めた。「死んだ仏ではなく、生きた仏でなければだめだ」と言っていた兄の言葉を思い出す。

■私の青春期は続く

教育相談員　伊藤　史子

もの心ついた頃から、他の子にはあって私にはないものがあった。他の人が持っていて私にはない大事なもの——そう、私の母は五歳の夏、戦中戦後の過労がもとで死んだ。戦争中、日本は朝鮮を植民地にして、朝鮮人の皇民化教育をする。父はそのための釜山《プサン》の女学校の教師だった。幼い記憶に桜の下の花見の他に父が朝鮮の子をなぐる姿がある。我が子を叱ったことがない父が玄関に石を投げた子をなぐっている。私は大声で泣いた。私たちは侵略した家族だった。敗戦直前に釜山の漁船に乗せてもらい、着のみ着のまま夜の日本海を木の葉のように波に揺られて、須佐港に着いて私は生き長らえた。

十歳のとき父が再婚し、新しい母と私たち姉弟を育ててくれた。自然の中の遊びを楽しんだ。中学では部活に明け暮れ、高校生活は自由だった。職員室は『ZOO』（動物園）と呼ばれていて、教師たちにはそれぞれ動物のニックネームがついていて、おおらかだった。私は新聞部に入って、生徒会や他校を取材して記事を書いた。

高二の夏、信濃毎日新聞紙上の「勤評（勤務評定）は戦争への一里塚」の見出しから目が離せなかった。みんなに知ってもらいたい。私が書かなくちゃ！　自己主張をしたことのない私が部長に特集のページをもらい、「勤評」を私ひとりの思いで取材し書いた。

発行されたときの男子生徒何人かの反応に身が縮んだ。すれちがったとき言われた「キツイなあ」の声。今まで平面だった周辺がザラザラにみえた。自己主張するとこうなるんだ。敏感になった。過去にこだわる変人と見られていたと思う。先生方や女子はいつも通りおおらかだった。ことばを交わしたことのない男の級友が、学内の自主イベントにさそってくれた。映画の感想を語る会だった。気持ちを出すのが苦手だったが、何でも言える雰囲気に、「戦争はなぜ起きるのかが疑問。哲学を勉強したい」と話した。参加者の一人が「大事なテーマだと思うよ」と閉会後声をかけてくれた。「私は変じゃないんだ」嬉しさが全身をかけめぐった。一年後の秋のイベントに大学生になっていた先輩たちが参加していた。「戦争の問題は哲学より経済学がいいのではないか」この瞬間に私の進路が決まった。新しい提起を咀しゃくするのに時間が要る。浪人をした。

縮んでいた時笑顔をくれた国語の丸山先生、私立に行ける条件のない私に数学の問題集をくれた市辺先生。故郷を発つ時「素晴らしい出途《しゅっと》に着かれますよう」と労《ねぎら》ってくれた山岸先生。語りあった先輩、友人たち。一コマ一コマが今、生きている。何と過不足のない寄り添いをくれたことか！

■なぜ死ななかったのだろう、なぜ死ねなかったのだろう

いしかわ「非行」と向き合う親たちの会（みちくさの会）代表　赤尾　嘉樹

私がなぜ教師になったのか。今でもはっきりとは、分からない。

一九四二年一月、太平洋戦争が始まってすぐに生まれた。食糧事情が悪化し、体の弱かった母の乳が足りず、よく泣いて手のかかった子だったらしい。小学一年の六月、福井地震が発生。阿修羅の如く、母は私と祖母の手を引っ張り外へ飛び出した瞬間に、家が私たち三人にのしかかってきた。無傷だった母は、下半身が家の下敷きになった私をひきずり出したが、祖母の姿は見えない。私は奇跡的に骨折で済んだが、祖母は即死だった。五十四歳の若さで。それに加えて私の病弱は続き、入退院の繰り返し。

その頃から、一学年上のY君が下級生を使っての私へのイジメが始まった。理由は、言うことを聞かなかったかららしい。それは中学、高校へと続く。その長い期間に、私の心の中を自殺と復讐が駆け抜け続けた。イジメを親や学校に知られたら、その仕返しが恐ろしい。だから言えないし、同級生も見て見ぬ振り。戦後、父の遺骨が返ってきた時の近所の家族の様子や、毎夏のように水難事故で我が子を失った親の姿を見てきた私には、いつ

も自殺の一歩手前で止まってしまう。何よりもここまで育ててくれ、貧しい中を朝早くから夜遅くまで働きづめの両親の悲しむ姿を考えたら、それはできない。

イジメは高一の夏にピークとなり、十人近いY君の仲間から寄ってたかっての袋叩きでケガを負い、服はボロボロに。親や学校に知れることとなった。イジメの相手は停学処分となり、さらなる仕返しを恐れた私は、退学を決意し、両親も泣きながら同意した。半年前に高校入学を祝ってくれた日のことが、悲しみを大きくした。

「このままで、私は朽ち果てたくない」の思いが夜学への再入学となり、大学進学へと駆りたてた。卒業後の進路は、この田舎では公務員しかなかった。高校教師となった私が誓ったことは四つ。一つは弱い者を守るクラスづくり。二つは言葉で生徒を傷つけない。三つはクラスの中はもちろん校内や自身の人生においての不正は見逃さない。そして四つ目は一番大切なことで、「学校の主人公は生徒」。この四つは、私が生徒だった時代に「反面教師」として身に付けたものに外ならない。皮肉なことである。

この頃になり、ようやく自殺の呪縛から解き放たれたようだ。自分の生き方に自信を持ち始めたことと、両親と一緒に穏やかな日常が訪れたからだろう。

いま、我が子の「非行」で悩む親たちとかかわって知ったことは、非行やイジメ、不登校の生徒への加害者として、学校もその一端を担っていたのではなかったか。

自責の念が時折、自分を苦しめる。

悩み深く生きて、教師に

学校法人大東学園理事　丸山　慶喜

高校入試の合格発表の掲示板に私の名前がない！　ろくに受験勉強もしていないのだから当然なのだが。十五歳の私に、社会が突きつけた人生最初の敗北であった。

当時の制度にあった第二志望校に回された私は、入学式から斜に構えて押し黙っていた。それでも始まった高校生活はそれなりに楽しく、行事に生徒会に部活にと一見活動的な生徒として過ごしていた私の中に、まるで黒雲のように広がっていったのが、生きる意味って何なのだ、自分は一体何者なんだという疑問と自己嫌悪であった。本を読もうが何をしようがついて回るこの思いに、床の中で眠れぬまま、見上げている天井から先を尖らした丸太がこの胸に落ちてきたらいいのにと思ったりもした。

俺の好きなのは国語と体育と弁当の時間だけだと公言していた私が、山へ行き始めたのも自然なことであった。何をしても心の底から楽しまない中で、高二の夏休みを使って自転車で青森まで無銭旅行をしたのが最大の思い出の高校時代であった。大学進学に熱中する友人たちを横目に、ザックに荷物を詰め込んで山に行く。どこかニヒルな外見と、まるで今すりむけたばかりのようにひりひり痛む心をもてあましていた日々。

そして、文学をやりたいと心の底で思っている私が選んだ進学先は、農学部の林学科。「山林には自由がある」と唱えてはいたが、現実逃避なのは自覚してもいた。だが大学に何があるわけでもなく、相変わらず山に入ったときだけ自分らしい心を感じていた。

やがて卒業を前に社会の中で生きる決心をした私が選んだのが、国語の教師であった。ことばと文学を通して子どもたちと人間について語り合おうと思ったからである。そして、暗いトンネルを走ってきた汽車が一気に明るい風景の中に躍り出るようにして、私は教師として子どもたちの前に立つことになった。

私のような生きる上での悩みを悩む生徒に、あの頃私が求めていた「一人の教師」になろうという当時の決意を今も持ち続けている自分を、少しは認めてやれるような気がしている。

■我が青春、戦争さなかの北部ベトナムで

(有) ブイプラン代表　鈴木　春夫

一九七一年十一月、二十七歳の私はベトナムに渡りました。当時は、まだベトナム戦争のさなかで、敵国アメリカと戦っていたベトナム人民を支援する世界中の世論が高まっていた時期でした。

日本でも、「アメリカはベトナムから手を引け」「北爆をやめよ」という国民の運動が広がり、アメリカに協力していた日本政府やアメリカ大使館への抗議デモが、毎日のように繰り広げられました。私も、その中にいた単純で純粋な若者の一人でした。

大学で水産学を学んだ私は、縁あって、その戦争真っただ中のベトナムで日本式養殖の技術指導をしてほしいと、ベトナム民主共和国から求められたのです。そのような形でベトナムに貢献できることはすばらしいことであり、喜びでした。爆弾の雨が降る中に飛び込んでいくことへの戸惑いは、全くありませんでした。

当時は日本と北ベトナムとの国交はなく、報道関係者などほんの数えるほどしか日本人はいませんでした。直前に慌ただしく結婚式を済ませ、妻と一緒に渡航しました。着いて

からはすぐに海岸などの調査活動を行い、ベトナム水産大学で講義を行うなど精力的に活動しました。

五カ月後の四月十六日、ついに首都ハノイへの空爆が始まりました。この時、妻は妊娠していたのですが、戦時下での出産は無理と判断し帰国させ、一人残って仕事を遂行することを決めました。海岸地方での活動も爆撃が続いて危険なため、防空壕で寝る日々となりました。

一九七二年のクリスマス前後、ハノイはアメリカの無差別絨毯《じゅうたん》爆撃にさらされました。逃げ込んだ防空壕で、アメリカ人フォーク歌手のジョーン・バエズとたまたま一緒になりました。彼女は有名な反戦活動家でもあり、日本公演の経験もあったので、二人で日本語で「風に吹かれて」を爆弾の降り注ぐ中で熱唱したのは、忘れがたい思い出です。

その三年後の一九七五年、ベトナムは完全にアメリカ側に勝利。ベトナム全土が解放されました。とはいえ、数百万人のベトナム人がこの戦争の犠牲になったのです。私の友人知人も何人も亡くなっています。この年の七月に、私は四年間の仕事を終え、帰国したのでした。

私の人生はその後もこのベトナムの原体験から離れることなく、今もベトナムに係わる仕事と活動を続けています。初めてベトナムの土を踏んだあの日から四十五年、渡航回数は二百二十回になりました。

数年前に、私の仕事場であった最も思い出深いハロン湾を再訪しました。静かだった海岸は、世界遺産と称され、観光ビジネスの中心地となり、きらびやかな俗な場所になっていて、すでに私の思い出の地ではありませんでした。

いまや一見、経済発展を謳歌しているベトナムですが、実際には多くの深刻な問題が生まれています。青春をささげたこの国の行く末を見届けなければと、今強く思っています。

■「やったー!!」ついに母からの自立

ふくい「非行」と向き合う親たちの会世話人代表　佐藤　収一

・小学校で＝父の死と母の子育てへの熱意

私は小学校一年のときに父をなくした。戦病死だった。以来、母ひとり子ひとりの生活。母は教育ママぶりを発揮し、仕事もかかえて忙しく、怒ると大変こわかった。その反面よくかわいがってくれた。学校でつらい目にあっても耐えられたのは母の顔が心に浮かんだからだ。

・中学校で＝受験勉強に反して

好きな女の子はいたが憧れだけで終ってしまった。私は目立たない透明な存在だった。勉強では地理が好きで、特にロシアやチベット、トルキスタンのことに心がひかれた。これは自分だけの特殊な興味だと思い、誰にも話さなかった。変わり者と思われるのを恐れた。

・高等学校で＝いったい将来は?

私は県下でも有数の進学校に入学した。そこでロシア語の独学を始めた。ラジオの深夜放送だ。しかし、学業成績は落ち、孤独な高校生活だった。将来が見えてこなかった。だが、結局福井大学の教育系学部に入れた。

・大学で＝学問への情熱がわきあがる

大学では二ついいことがあった。一つは児童文化研究サークルで人間同士の交わりの楽しさを知ったことだ。二つ目は哲学という学問を知ったことだ。私は人間、社会、自然について広く深く学びたいと強く思った。そして就職を気にかける母の目を盗んで学生運動に進んで参加した。予想通り福井の教員採用試験は不合格。しかし、思いがけなく大阪府岸和田市の教職への道が開けた。心配する母をよそに私は内心うれしかった。

「やったー!!」、ついに母からの自立!!　万歳!!

・岸和田市で＝忘れられない初恋の思い出

二年勤めて福井に戻るのだがその人と出会ったのは、ああ……もう二年目も終わり頃だった。あるサークルでのことだった。初めて心の通じあえる人にめぐり会えてうれしかったのに。「めぐりあひて　見しやそれともわかぬ間に　雲隠れにし　夜半の月かな」の歌にもあるように、はかない出会いだった。彼女も岡山へ帰ったのだ。私は六十五歳の今になっても、岡山へ行くとうれしくなる。その人に会えそうな気がして。

■いじめを受けてつらい日もあったけど

不登校問題を考える東葛の会代表　鹿又《かのまた》　克之

出征兵士と近所の人の写真。生後何カ月かの赤ん坊が母親に抱かれている。それが一九四三（昭和十八）年十一月に生まれた私です。東京の荒川区町屋は空襲にあい、住む所を求めて千葉県松戸の破屋に移りました。親は食べる物などを手に入れるのにたいへん苦労していました。

小学校一年は一九五〇年、学級は六十四人でした。文字はきたない、計算はできない、三年生で習った掛け算九九が覚えられず、四年生になって帰りに残されて先生の前で練習させられるなど、苦労していました。四年では、非常にわがまま勝手な子がいて、その子からいじめを受け、つらい苦しい思いをし、涙をこらえ、流す日が続きました。

五年になり、H君という仲の良い友達ができました。H君は物知りで、図書室から本をたくさん借りて読んでいました。私も負けずと本を借りて読みました。それを続けていたら、勉強がスーッと入って来たようです。三学期には学級委員に選ばれ、天と地がひっくり返る思いでした。

定時制高校に進み、昼間は中学校のＰＴＡ雇いの事務員をして事務・使い走りをしました。ここで先生たちの戦争体験をよく聴きました。中国各地で戦闘した話。軍艦が敵機襲来を受け、仲間たちの体がバラバラになり、沈没、漂流した話。広島で原爆を受け、地獄の中をさまよい歩いた話……。

一九六三年、教育学部に入り、特別奨学金（教員になれば返さなくていい）も受けられたことは幸運でした。自治会・サークル・ゼミ活動の興隆期で、学年・学部を越えて多くの学生と交流しました。「こんな自分はダメだ」という自分の悩みと向き合いながら、語り合っていました。

一九六七年、教員の出発は六年担任でした。クラスの子たちに自己紹介したら、子どもたちが「つくしが出たよ。取りに行こうよ」と言ってきました。職員室に相談に行ったら、教頭先生がいて「それはいい。お弁当を持って取りに行くといい」と言うのです。学級通信の書き方、予察の仕方を、指導してくれました。翌々日、原っぱに出かけ、つくしを取り、お弁当を食べ、楽しく遊びました。帰って来て、子どもたちは「先生たちに、つくし料理をご馳走する」と言い、用務員室を借りて料理し、先生みんなにご馳走しました。私は、あれよあれよと見ているだけでした。

子ども、親、先輩教員に鍛えられながらの思い出深いスタートでした。

■思いっきりの青春

O．C．S．（オープン・コミュニティー・スクール）副校長　樋口　優子

一九四四年生まれの私は、反戦運動をして投獄されていた医師の父と、中国大陸で大商人の娘として育った母の、四人兄弟の二女として生まれ、母に背負われて父の差し入れに行った話を聞いて育ちました。小学校二年の時父母は別居し、妹は母が、私以上三人は父に連れられて長野県臼田町に行きました。

長野の佐久病院で、職員の方々に暖かく見守られ、後に、母と住むようになってからも元気一杯、思いっきり遊んで育ちました。小六で横浜へ転居してから東京に移り、中学は三年間すべて違う学校でした。今、フリースクール「のむぎO．C．S．」をやっています。私の中一は久里浜少年院のすぐ近く、中二は練馬鑑別所の近く、そして、身近に少年院に行った子や、出てきた子がいたこと、少年院経験の子や保護観察中の子も受け入れています。

を思いだし、縁があったのかと思います。

小さい頃から運動が得意で、大学に入るまで短距離では一位を他人に譲ったことはありませんでした。卓球に明け暮れた高校生活でした。一年生の時（六〇年安保の時）、生徒

会主催の大討論会があり、反対デモに参加して、日比谷公園を警察に追われて、逃げたこともありました。卓球では大きな大会の前に予選が続きます。大会の前一カ月は、確実に土、日は試合。朝練から始まって、夕方五時までは学校内で、その後、池袋の卓球場に行き自主練習。学内では長年上位を保っている部であるため特別扱いです。放課後の教室掃除は免除、部室もありました。三時限終了後、部室に行って早弁、昼休み練習、授業終了後は卓球室へ直行。これだけ練習に明け暮れるためには、私はまじめにコツコツ型ではありませんので、どこかで息を抜かなければなりません。どこで？　とうぜん授業です。このときの先生たちは寛大でした。点数も大まけにまけてくれて、〇を増やすために苦労して採点してくれました。出席日数も足りなくなると、あと〜時間出ないと危ないよ、と教えてくれました。

体育大学に入学した時は、教師になるつもりは全くありませんでした。前近代的な女子大で、お辞儀は背を伸ばして九十度、男性とは肌が触れるほど近寄ってはいけない、など、話になりません。試合に行くと女子高も同様で、先生の前に直立不動で並び、失敗を怒られた時には平手でなぐられ、それでも「ありがとうございました！」という女の子たち。異様な光景でした。

私は決意しました。「よし！　絶対に私立の女子高の教師になる！」。大学には自治はもちろんありません。自治会を作ろう、と呼びかけて学生会を作りました。四年生の秋に、当時まだ国交がなかった中国に行く機会に恵まれました。日中青年交流会というのがあって、いろいろな分野の青年たちが代表団を組みました。私はスポーツ（卓球）代表団として行きました。旅券が発給されず、法務省の前で座り込みをして闘い取っての中国行きでした。

私立の高校に就職し、これまた前近代的な職場で労働組合をつくり、闘ってきました。私は退職し、その後再婚。夫も思い切った教育をしたい、と退職し、荒れた娘に鍛えられ、二人で「のむぎO．C．S．」を創ってきました。並ではない人生で、思いっきり生きている、という充実感たっぷりです。永眠する時には「面白かった～」と言えるはずの今を生きています。

■人生を変えた　初恋の彼女からの一冊の本

山梨不登校の子どもを持つ親たちの会（ぶどうの会）代表　　鈴木　正洋

一九四四年、太平洋戦争の終戦前年に三人きょうだいの長男として生まれました。まじめで働き者の大工だった父を見て、こんなに働く父がいるのに、うちは「何でこんなに貧乏なのだろうか」子ども心に疑問を持ちました。父は小学校三年しか学校に行かず十歳に満たないときに働きに出されました。だから、父の書いた文字を見たことがありません。貧しい中でも父発案の、楽しい幼いころの思い出があります。父手作りの乳母車を押しての、お金をかけない家族遠足を毎年しました。

その父の言ったことばが今も忘れられません。高校へは行きたいが経済的に無理だと内心思っていた私に、中学卒業を控えたある日「自分は小学校三年しか行っていない、そのためにどれだけ損をしたり、悔しい思いをしたことか！」、「学校へ行け、お金や財産は人にとられる事があるかもしれないが、頭に入れた学問は誰も持っていけない」と、生まれて初めて泣きながら話した父の言葉を。

そして、わずかばかりの土地を売って高校に行かせてもらいました。三人の子どものうち、高校へ行かせてもらったのは私だけであり、いまでも妹や弟には申し訳ない気持ちがあります。

工業高校で電気の理論や数学を学びました。授業の一時間一時間が「あの土地を売ったお金で学んでいるんだ」と。私の高校生活は、将来の喰うための手段としての勉強でした。従って友達も必要でなく、どう思われようと関係ない、学校から見れば真面白なよい生徒でした。

電気の技術労働者として働きだした中で、初恋の彼女から手渡されたぶ厚い一冊の本が私の人生を根本から転換しました。哲学者柳田謙十郎の『人生論』です。大工の父のように単に一生懸命まじめに働くだけでは貧乏から抜け出せるわけではないこと。一見混沌とした世の中のしくみも、電気の理論や数学のように「科学の目」で見ることが必要で、先の見通しができ、社会の矛盾も理解でき、まじめに働く貧しいもの、虐げられた者が、社会に働きかけることによって本当の幸せを獲得することができるんだと。

今、息子が不登校になった経験で、また新たな世界を見させてもらっています。不登校の子どもを持つ親の会に関わるようになったのも、ボランティアではなく、「不登校の子どもは、日本の教育の被害者であり告発者」だという悲壮な子どもたちの叫びを全身で受け止めて、この子どもや親たちと一緒に、一人ひとりの人間が大切にされる将来の日本を作っていこうと考えているからです。

■誉れと不合格と

ファミリーセラピスト　小柳　恵子

六十年以上前のこと、母と東京都美術館の小学生の絵画コンクールへ行った。乳牛の絵が特選で、母は「力強くてよい絵だわ」と言った。私は、遠足で描いた絵によく似ているなあと思った……何とそれは、私の絵であった。

これに続くいくつかの誉《ほま》れは、自尊心か自負心になって枝を伸ばしている。時に他人の心を引っ掻いていたかもしれない。しかし自らを自らで、支え続ける力にはなっている。国立女子大の中学を受験した。理科の問題に、眼前に置かれた五つの石の名称を問われるものがあった。私は唯一黒い石炭以外、全く見当もつかなかった。落ちた……この日の家の空気と、祖父母、両親、小学校の先生方の落胆さは忘れられない。今もその大学の前を通るとドキッとする。自責は全くなく、私が哀しませていたのかと後で理解した。

誉れと不合格とその狭間で、私の青春遍歴は揺れに揺れて頑《かたく》なものになっていく。中高は私立女子大の付属だった。よく男性が、〝男子校だったので、女っ気がなく暗い青春であった〟と言う。私は、男っ気がない分、もち前の力持ちも功を奏して明るく楽しかった。

忘れもしない、中二の時に安保闘争があり、なぜ命をかけて闘う人がいるのか解らなかった。授業中に先生に質問すると、「困った人たちなのです」と宣《のたま》った。〝何か変〟と思いながらも方策もなく、祖父ら保守系議員の選挙参謀室のような自宅応接間前は静かに歩いた。〝何か変〟はその後、〝何かしなければ〟に化した。一生を呈して、まともな社会づくりに励もうと、社会福祉の仕事に的を絞った。自宅通学のできる大学三校を知り、親と一緒の外出しかしてはならぬ……の校則を破り、初めて十七歳で行程表を書き、切符を買った。一校は坊主頭袈裟姿の学生が目立ち、二校目には汚いヒッピー風の人がアカハタを掲示していたので敬遠した。残る大学に決めたが、教師も親も友人たちも猛反対をしてきた。「この大学に一番あっているのに、わざわざそんな共学の大学なんかに外部受験なんてしないで！」であった。

作戦が効し晴れて大学に入学したのは、東京オリンピックの年。初めて出会う異性の、柔道部、相撲部の大きい上に雪駄まで履いた汗だくの姿は恐ろしかった。不幸にも彼らの部室は美術部に近く、一年もしないうち、宿題や繕い物を持ってくるようになり、その関係は母と子状態になった。当時九対一で女性は稀有な存在だったので、卒年には何と何人からもプロポーズがあった。一番しつこい人と悪いなあと思い結婚したのが夫で、波瀾万丈人生の開幕となる。私が負の世界で勤勉に働きぬいてきた碑は、この思春期にある。

■父子の葛藤

Ponpe Mintar、社会福祉士　加藤　暢夫

人に語れる思春期ではないが、一つだけ語りたいことがある。

それは、高校一年の夏休みのことだ。

父は五十五歳定年で年金を早期受給して生計を立てる我が家である。が、父は書家としての第二の人生を歩み出した時で、その収入はすべて書道経費に充てていた。

母は、陶磁器の町で「のっぽおこし」（磁器の碍子《がいし》作成）を内職としてやり、キリスト教徒の我が家は、当然のごとくミッションスクールに私を通わせた。私学だから、今の私学助成もない時期である。母の内職は当然、私も長期休暇には手伝い、山羊を世話し、そのえさを刈り込み蓄えることを私の「仕事」とする日々である。父の食いぶち稼ぎのなさは、終日書ばかりしているのをみれば一目瞭然である。数少ない書道教室の生徒からの収入では間に合うものではない。そんな父を、日々、横目で見ている私がいる。

何がきっかけだったたか、全く覚えていない。父の作品をたすき掛けに破いてしまった。そして父に殴りかかっていった。その前後のことは今は何も思い出せない。覚えているのは、殴りかかっていった私をあの母が羽交い締めしたことだ。内心、「え、母が」と母のばか力には驚いた。

それ以上の波乱はなかったが、今も、倉庫にたすき掛けに破いた作品は立てかけてある。当時の自分の気持ちは、「稼げ」「なんで母ばっか苦労するんだ」「やれよ」だった。

そんな父を、就職して月給が入ってまもなく外食に誘い、子なる私がごちそうをしたのは、八年後であった。

■かきつばた

矯正研修所名古屋支所講師、子どもの人権研究会代表世話人　八田　次郎

参宮街道は東海道四日市宿、日永追分から分岐し伊勢湾に沿って平野部を南下し、津、松阪を経て伊勢に至る。私はその街道沿いの松阪から十キロほどの田舎で過ごした。街道沿いに家並みは連なっているものの、二、三軒裏に回ると田圃が広がっていた。

そんな田舎であるが、古くは歴史の表舞台に登場したこともあり、「かきつばた」の群落があることでも知られていた。

当時、日本は皆貧しい時代であった。父母はしつけに厳しい人で、私は田植、稲刈等の繁忙期には農作業の手伝いをした。風呂焚きは私の日課であった。

さて、中学生の頃のこと。私は文化部に所属していて文集を作ることになった。当時のことであるからガリ版刷であったが、表紙には「かきつばた」が描かれ、なかなかの出来栄えであった。母にその文集を見せたとき、突然「このかきつばたは僕が描いたんや」と思わぬ言葉が口をついた。私が描いたのではないのに、どうしてそんな言葉が出てきたのか分からないが、ともかく言ってしまった。母は「上手やなあ」と感心したふうに言い、

その場は終わった。

それ以来、私の中学生の頃の話になると、母はときどき思い出したかのように「あの絵はうまかったなあ」と言うのである。その度に、私はぎくりとした。褒めるほどのこともない私であるから、母はそれを持ち出したのであろう。その度に本当のことを言おうかと迷うのであるが話すことはできなかった。

母も私も次第に歳をとったが、母は相変わらずその話を思い出したかのように言った。「そういう嘘を言っては駄目」と、私の心を見透かされたように感じることもあった。いつの頃からか、それは母の戒めのように聞こえるようになった。私は自己弁護をまじえて母に本当のことを話して、がっかりさせても仕方がないと思うようになった。そして、いつとはなしに話すことすら考えなくなってしまった。

母は六年ほど前に他界した。「かきつばた」の思い出は、心の中に残滓《ざんし》となり、時々よみがえってくる。

経済成長、学生運動、抵抗と挫折と

生き方を学んだ道場——下町の人々との交わり

保護司　原　和夫

東京の下町で生まれ育ちました。祖父の代から風呂屋（銭湯）を営んでいます。どこの家にも風呂がある今とは違い、少し前の銭湯は、人々の交流の場であると同時に、一日の疲れを落とし、ホッとできる、なくてはならない癒しの場でした。

そして、そこには、ありとあらゆる人がやってきていました。心に病気を持った人、体に障害のある人、体中に入れ墨を入れた人、ヤクザの人、すりの夫婦、旦那に殴られてたんこぶを作った奥さん、酔っ払ったおじさん……。

小学生の頃から、風呂場で倒れたおばさんを家まで送って行ったり、喧嘩の仲裁に入った父親の指示で人を呼びにいったり、思い起こせば、実にいろんなことがありました。さまざまなトラブルを見てきましたし、下町の人情沙汰に関わりながら育ちました。

思春期の頃には、「風呂屋はいいなあ、女湯が見られて」などと同級生たちの心無い言葉に、親の仕事をうらんだこともあります。でも、これが家業であり、従業員の生活の場。

悔しい思いをしながらも、宿命のように受け入れてきたと思います。

苦労人の祖父は、理屈は言いませんでしたが、人は互いに助け合って生きていくものなのだということを、ごく自然に実行していた人でした。ホームレスの人がいると、連れてきて風呂に入れてご飯を食べさせました。朝起きると、知らない人が食卓で一緒にご飯を食べているようなこともありました。祖父もそうやって人に助けられてきたのだと聞いたことがあります。

誰も一人では生きていけない。誰か一人でも、その人の話を聞いてくれる人がそばにいれば……。そんな思いで今、私は、保護司と地域の中学校の登校支援員として、子どもたちと接しています。

その原点は何かと問われれば、このもっとも身近な下町の暮らしの中の、さらに、銭湯という家業での人々との交わりだったと思います。そこは、自分にとっての人間修業の道場でした。

時には自信がなくなったり不安になることもありますが、そんな時は、この下町精神で、さまざまな人と出会うことを大切にして、たくさんの人たちに、勇気をもらったり、学ばせてもらったりしています。

■三つの恋の物語

元中学・高校教師　森田　耕平

僕が育ったのは大阪の生野区という都会の真ん中だ。思春期で思い出すのは、やはり初恋。相手は、小学校五年生の時の同じクラスのMさんだった。僕が級長で彼女が副級長。何があったわけでもないが、僕たち男子三人グループと彼女たち女子三人グループでよく遊んだ。

高校生になって、周りが認める「彼女」ができた。Tさんといった。一緒にいることも多かったが、それでも、いつもグループでだった。僕はブラスバンド部に所属していて、彼女は音楽部で歌を歌っていた。話も合ったのだろう。二人で仲の良い友達同士のあの子とあの子をくっつけよう、などと工作をしたり、みんなで公園に遊びに行ったり、お好み焼き屋さんに行ったり、学校のイベントでタコ焼きをやったり、とにかく、楽しくて仕方なかった。

進路を決める段になって、なぜか芸術家というものに憧れた。物を作りたいと思った。「芸術家になりたい、なる」と決めたが、実は、それほど絵が好きだったというわけではなかった。芸大を目指したが、相手は大きくてここから五年にわたる浪人生活をすることになった。この浪人時代こそ僕の青春時代。高田馬場に住んで、「あらえびす」という音楽喫茶でクラシックをふんだんに聞いた。そこのウェイトレスに、実に美しい人がいた。見たこともないような美しい人だった。ある日、彼女が帰るときに、後をつけて行ったことがある。そして、ついに彼女の下宿先を突き止めた。しかし、その後も声をかけることはできなかった。浪人生活という負い目が、自分の中にあったのかもしれない。この人の名は、いまだに知らない。

さて、さすがに四浪目になったとき、それまで通っていた予備校（研究室）に行くのはやめて、ある美術団体の付属の研究所で学ぶことにした。そこには、予備校と違って、受験生だけでないさまざまな人がいた。働きながら絵を描いている国鉄の職員や工場勤務の人……。カルチャーショックだった。五浪目に入ったとき、「大学に行かなくても絵は描き続けられる」「よし、今年がダメなら働きながら描き続けよう」、そう腹を決めた。が、この年、受験に受かった。

今、美術の教師をしている。中学の最初の授業で「絵が苦手な人」と尋ねると、八十％の子が手を上げる。子どもたちは頭を使った学童期を過ごしていて、物を作る喜びや、手を動かして表現する喜びをあまり味わってきていないようだ。絵を描く、物を作る、そうしたことが「好き」になって、生活をもっと豊かに味わってくれたらいいなと思っている。

寄り道も惑いも愚行も……

横浜市立大学名誉教授　中西新太郎

私の育った東京都板橋区は北部工業地帯と呼ばれ、中小の工場が集中していた場所だが、家はその外れにあり、周囲は麦畑、林、沼などが点在する田舎だった。昆虫採りなど田舎らしい遊びに事欠かず、異年齢の子どもたちが集団で遊んだ。のびのびはしていたが、どこの家も暮らしは貧しい。

私の家庭も例外ではなく、腕はよいが収入はまるでない父を嘆きながら、印刷会社の経理をしていた母が生活を支えた。おニューの半ズボンをはけた医者の子を除けばみな貧困。教師たちも同様で、小学四年の時、資本主義と社会主義のちがいを話し、今も記憶に焼きつく担任は、六畳一間、米軍払い下げのカマボコ兵舎に家族三人で住んでいた。

そんな時代、周囲の学校には、教育史に名を残す実践家がぞろぞろいた。中学時代には全国生活指導研究会の「集団づくり」教育を受けた。大西忠治の本を読み、どう行動すべきかを考えた。夜までわが家の狭い三畳間で五、六人の友達に宿題を教え、夜中になると自転車でやみくもに走り回る。担任の住む団地の様子をうかがったり、たがいの家に泊まったりしていた。六畳に家族四、五人で寝ていた時代である。

戦後少年非行のピークと呼ばれた時期、身近に事件はあっても、今のようにセンセーショナルではなかった。中卒就職も普通、勉強より生活が先の世界で、「自分だけが幸福になろうと思うな」というモットーが身の周りに溢れていた。自由にさせてくれた母もこの点だけは厳格だった。

この世界を深く知りたかった私は本を読んだ。小遣いはすべて、十円二十円の古本代に注ぎこみ、中学時代には神田の古本街まで歩いてゆくことを覚えた。大杉栄に感激し、みんなで学力テストに反対した。高校は、当時珍しく制服がなく、独仏中露の第二外国語を選択させるような自由なところだった。

図書館は夜十時まで。定時制の友達と遊び、十時ぎりぎりまで図書館に浸った。昼食代も古本や映画に充て、授業には行かず映画を観た。遊び場は、危険と言われた池袋西口。安酒を飲み、煙草を吸い、恋をした。池袋の映画館、文芸地下で徹夜した。社会問題を訴えるサークルをつくり冊子を配った。東京オリンピックは一切見なかった。浮かれてゆく世の中に背を向けていようと思った。貧しさが隠されてゆくのが嫌だった。「今とちがう社会」を見ていようと思った。

若い日のその思いは今も変わらない。思春期の寄り道も惑いも愚行も、無駄だったとはまったく思わない。

■私の幸せ探し、夢を追いながら

秋田「非行」と向き合う親たちの会（のき下の会）代表　山本　鈴子

山があり、川があるわがふるさと。私は生まれた地を一歩も出たことがなく、生まれた所で育ち、夢はあったけれど経済的なことから高校卒業後は就職し結婚。三人の子に恵まれ、孫が五人。

振りかえれば、子育て中も現在も、いろんなできごとに出会いながらも、ひとつひとつ、乗り越えてきたように思う。子どもの不登校、高校中退、子どもの結婚、離婚。今は子どもたちも落ち着いたのかなあ。心配はつきないけれど……。

私はいま六十八歳、自分の人生を振りかえることが多くなった。人として生きることが私のモットー。このままの人生で終わっていいのかなあとも。親の言うこと、学校の先生の言うことはすべて正しいと思い、また、三人姉妹の長女として、親の老後を見、先祖の墓を守るのが役目と言い聞かされて、何の疑問ももたず、親の言いつけを守ってきた。

でも今、子育てや仕事、結婚生活を通して、私の夢に対する思いが、どんどん膨らんでいる。実現できないことと思いながら、でも、いつか実現したいと思っている。しかし、そのためにはふるさとを後にしなければならないのだ。そんな悶々とした毎日を思っているのが現実。

私の夢は？　内緒かな、ふふ。でも、ふるさとを出ないでできる方法があるはずと思案中。今、まさに私は青年期、六十八歳の思春期を味わっている。初めて心の中での親への反抗期だ。

実際の私の青年期を思い起こせば……。喫茶店を借りきってのうたごえ喫茶。二十数人が大きな口をあけて肩を組み、声高らかに歌う。隣の人は知らない人。二十歳頃、私はその中の一員だった。働く人たちの歌やフォークソングなどで一日の仕事の疲れを癒し、いろんなことを話し合った。世直しに燃えて熱く語り合ったこともある。遅く帰り親に叱られたことも懐かしい。そこでの友とは、今も交流がある。憧れの人には好きな人がいた。枕をぬらし、泣きながら寝たものだった。

一度きりの人生、学生生活をもう一度。夢は実現するもの？　いつか、きっと。子どもたちは、「好きにすれば」と、かなり好意的なのが救い。一人の人間として心から話し合えるのも、うれしいことだ。

一度きりの人生、今、燃焼中！　そして、先の見えない、出口のない介護（九十一歳実母）の奮戦中！

■反抗期

元高校教師　森　英夫

私は昭和二十四年、いわゆる第一次ベビーブームの時代に、東京下町で三人兄弟の長男として生まれました。実家は森製作所という町工場で、母親は誰かが後を継いで会社を大きくしてくれると期待して、私たちを育てました。私もその期待に応えて素直に勉強し、大学の工学部に入学して大学生活を始めました。

ところが時代は七〇年安保。日大、東大で始まり、全国の大学に吹き荒れた全共闘の嵐が自分の大学にも押し寄せ、私もその嵐の中に入って行きました。若さ故の一途な理論でしたが私はみるみると染まり、そこに理想の社会を見つけた思いでした。大学に泊り込むことが多くなった私に、家族は、大学に戻らずに家にいてほしいと言いました。

そんな両親に向かって私は非情にも言いました。「闘争のためなら森製作所が潰れたってかまわない」。その時私を睨みつけていた両親の目は、今も忘れることはできません。両親は言いたかったでしょう。「よくそんなことが言えるね。お前がここまで育ってこれたのも森製作所のお陰だし、誰がここまでお前を育ててきたと思っているんだ！」と。

今思うと、この時期が私にとっての最大の反抗期でした。その後、私は闘争に突き進み逮捕され、東京拘置所に半年間も拘留されました。接見の時、金網越しに母親が「家は誰も継がなくなった」と涙ながらに私に訴えたのを覚えています。その時の私は、社会の方が間違っていると思っていましたから、家が潰れてもしようがないと思いました。

その年の十二月に保釈されました。夜、拘置所を出ると、両親と弟たちの家族全員が車で私を待っていました。運転している父親の、バックミラーに映る目をまともに見ることができませんでした。

家族の元に戻った頃、大学は機動隊が入って学生運動は押さえ込まれ、すでに平穏となり、一方、私は昔の仲間から闘争に来るようにと誘われ、その板挟みから精神的に落ち込み半年間は大学には行けませんでした。結局、一年留年して大学に戻ったものの、就職する気も家を継ぐ気もしませんでした。そんな折、たまたま教育実習に行きました。大学生活をあまりにも空しく思っていたせいか、実習先の高校生との時間が輝いて見え、生徒たちと接した喜びは一生ものと感じ、どうしても教師になりたいと思いました。そして、大学卒業と同時に、幸運にも私学の男子高校の教師になれました。

結局、弟が家を継ぎ、母親は八十歳、父親は八十八歳で亡くなりました。振り返れば遅まきながらの両親への反抗から私の自立が始まったと思います。そして自分の好きな道を歩むことができた環境と、両親と良好な関係を築けたことをありがたく思っています。

■父との修羅場の日々

ふくおか「非行」と向き合う親たちの会（ははこぐさの会）代表　能登原裕子

小学校教師の両親のもと、三人姉妹の長女として生まれた私は、十八歳で上京するまでの年月を炭鉱の町、筑豊炭田・貝島炭鉱で、川筋気質の血が少し流れていると自負しながら育った。

父の葬儀で、満州青年学校時代の教え子が、「先生は野武士のような方でした」と弔辞を読んでくださったが、私の目には父は狂人でしかなかった。端正な顔立ちが、一瞬にして凶暴になり、異様な光を宿す目つきで狂うとき……父はアル中だった。

炭鉱の荒くれ男たちには、なぜか人気があった。「先生、とんちゃんやっとるけん、一杯飲んでいかんね」と声をかけられると、そのまま深夜まで居座っていた。帰らない父を探して、炭鉱住宅のあちこちを覗いて、酔いつぶれている父を引っぱって帰るのは、私の役目だった。授業の合間を縫っては、学校の近くの酒屋で角打ち、酔って暴れて家の中の物を壊す、食事が気に入らないと食卓をひっくり返す、一晩中母を正座させくどくど説教などは日常茶飯事だった。それでも教職をクビにもならず、いい先生だと思われていたのは、時代と炭鉱のおかげだと思う。

家族には恐怖の存在でしかなかった。いつ爆発するか、毎日顔色を伺う生活。父の気に触らぬようびくびく小さくなっている毎日。アル中が進み、家族に身の危険が迫ると、私は保健所に駆け込んだ。当時は強制入院が認められていた時代だった。駆けつけた屈強なおじさんたちが、父を病院へ搬送してくれるときは、手を合わせて感謝したものだった。何回も入退院を繰り返し治療を受けても、父のアル中は治らなかった。精神病院の格子戸の向こうに魂を抜かれたようにぽつんと座っている父を見舞っても、哀れと思うより、そのいぎたなさに無性に腹が立ったものだ。

中学、高校と進むにつれ、私は父に歯向かっていった。「口答えさらしてから〜」と父は鬼の形相で私を罵倒したが、その頃から自分の考えをぶつけられるようになった。父の言葉の理不尽さがどうしても許せなかったからだ。衝突しすぎて、殺す、殺さないの修羅場になったこともあった。優等生で真面目だと評判の私に、こんなクソ面白くもない家庭があるとは、誰も想像していなかっただろうが、私は私の闇を抱えて生きていた。

父は満蒙開拓団の青年教師として中国の土を踏み、シベリアで捕虜生活を送った。その苛烈な体験を語ることなく逝った。おそらくシベリア生活が父を狂わせたのだろうと想像する。この想像を確信したのは、そんな父から逃れるように東京の大学に進学し、父を客観的に見られるようになってからだった。

■〝初恋〟から処女作〝かっぱとうし〟まで

雑誌『保健室』編集、元養護教諭　石田かづ子

プロローグ

中二のおさげ髪でとび色の瞳の私は、同じクラスの少年に恋をした。授業中のてんてんてん・・と合う視線。見られている胸のときめき。

生徒会の役員に立候補した私の応援演説をしてくれた少年は、私の背丈よりはるかに小さい男の子であった。そんな外見なんかなんのその。寝ても覚めても浮かんでくるのは、少年の寂しそうな色白の横顔だった。少年の詰襟の胸のポケットにそっとラブレターを入れたあの日のこと。彼はどんな思いで読んでくれるだろう。私のこと好きだと思ってくれているだろうか？　そうでなかったら、授業中のあのてんてんてん・・はどういう意味なの？　あのまなざしの色は何なの？　はらはらどきどきで胸の鼓動を押さえながら返信を待った中二の私がいとおしい！

私の学校のA子さんは語った。「せんせい！　夕べ夢をみたんだあ」「そう。きっと、すてきな夢でしょう！」「ピンポン！　あたり！」「あのね。好きな人が出てきたんだあ。そ

れでね。からだをぶつけっこしてるんだあ」と。私の初恋の胸のときめきや、A子さんのように嵐のように湧き出てくる言いようのない気持ちはいったいなんなのだろう。この現象の秘密を科学的に学んだのは、あれからだいぶ経ってからだった。私の愛の変遷は、シューベルトのセレナードのように窓辺への恋のささやきを歌い、ジャンニスキッキのアリア〝私のお父さん〟（私の結婚を許してくれなかったら死んでしまうから……）のごとく激しい恋へと。私もだいぶ成長を遂げたと一人微笑む。人を愛するということは、レッスンのつながりのようなものなのですね。きっと。

高校時代の私は、つまらない授業中に、小説のような物語『かっぱとうし』という題名の短編を書きまくった。かっぱとうしが、ふるさとの川「作田川」の川辺で語り合う。父は戦争に行った。ある日母は、落花生の皮をむきながら独り言のように、うしに語った。「父ちゃんは、戦争で悪いことをしたかも知れねえど。お前と似ている姉妹がいたらどうすっぺ！」うしは、のっそりその悲しさをかっぱに話した。この短編小説の基礎になったものは、何であったのだろう。中学校時代の恩師の教え子たちのつながりで、地域で大規模なサークル活動をしていた。キャンプ、観劇、バスハイク。いつも大勢の高校生、大学生など若者が集っていた。この中で、戦争のことや平和のことを考える力がついていったのだった。ねえ、あの私の処女作『かっぱとうし』の短編小説、ガリ版刷りの本はどこにあるの？　私の青春の告白をもう一度読んでみたい！

■念ずれば花開く――消防職員が児童養護施設を創設――

社会福祉法人彩の国ふかや福祉会理事長　八須　信治

昭和二十四年（一九四九年）専業農家の長男として生まれ、幼いころから家を継ぐことを教えられて育ちました。ところが高校生の時、父親から、「ここは市街化区域に組み込まれるので仕事に出てよい」と伝えられ、卒業後、埼玉県の深谷市役所に勤務することになりました。

高校三年のときに深谷剣友会を組織し、少年剣道教室を始め子どもたちとふれあいました。その中で、問題行動のある子どもたちに接したことから、ボランティア活動のBBS活動を知り、理解者七人を募り、自らBBSの深谷支部を結成、活動を展開しました。BBSは、悩みを持つ少年少女たちに、兄姉のような存在としてその成長を助ける団体です。

この活動から、児童養護施設の必要性を強く感じ、施設づくりを決意しました。父親は大反対でした。都市化等により大きく社会が変化することを察し、私は「自分でやってみる」と行政手続きを試みましたが、昭和四十八年のオイルショックで物価が高騰、総工費は八千万円に。当時の月給は二万円、やむなく断念しました。二十三歳のときのことです。

五十歳の時、年老いた父母を抱え、特別養護老人ホームの整備を計画しましたが、県のゴールドプランがあることから認められませんでした。介護付き有料老人ホームであれば可能だということがわかり、平成十五年、有限会社公益シルバー企画を設立、整備手続きをしました。総工費五億円すべて自己負担の資金めどはついたものの、私自身が現役の行政職員として勤務していたため、最後の決断ができず断念しました。

しかし、私の施設づくりの願いは払拭できずにいました。何が必要なのかと考えた末、老人福祉は大切であるが、もっと大切なこと、それは人づくり、次世代育成支援である、と二十代の思いが甦ってきました。平成十七年に県庁を訪問、思いが伝わり、十九年に児童養護施設はなこみちを創設しました。翌年、勤めていた消防本部を辞めました。

はなこみちでは、子どもたちへの支援姿勢として、「子育ては 見る看る診る視る観る心」という理念のもと、家庭的な温もりのある支援をめざしています。また、施設に地域交流センターを併設し地域開放に努めるとともに、あんしん市民相談支援センター・ボランティアサークル事務局を併設しました。行政書士事務所の活動も展開しています。

はなこみちは、多くの人に支えられて完成しました。私は次の言葉を大切に生きています。「生きているということは、誰かに借りをつくること。生きているということは、その借りを返していくこと」、この言葉のもとに、さらなる精進をしていきたいと思います。

「十七の 今でなければできないことを したい心が空回りする」

臨床心理士、スクールカウンセラー　山本なを子

九州で生まれ、四国で育った。三歳から高校卒業まで、香川県の瀬戸内海に面した港町で過ごした。

高校は、自由で開放的で、男女へだてなく過ごせる空間だった（中学までは男女が話すとはやし立てられていた）。高校は住んでいた町とは一駅隣町にあったので、汽車通学をしていた。汽車は一時間に一、二本しかなかったので、放課後、教室に残っている数人が自然に集まって、机を向き合わせて話すようになった。

内容はもうほとんど覚えていないけれど、話題がベトナム戦争に及ぶこともあったし、男女ひとしく意見を述べ合う屈託のない雰囲気がよかった。漫然とできつつあった私の考えに、新しい視点や観点が加えられたと思う。

三年間を通じて、ホントによく話をしていたと思う。友達と、先生と。疑問に思うことはまず友達に話して一緒に考えたり、意見を言い合うことが、自然なことだった。当然意見の違いから、いさかいもした。二年の初め、私とある友人がいさかいをし、それを題材

に「友情について」話し合う自主ホームルームを放課後開いたことまであった。呼びかけると、ほとんど一クラスに近い人数が男女を混ぜて集まり、話し合ったことを覚えている。

時間割の中のホームルームも、話し合いが自然に活発にできていた。先生は来てテーマを言うだけだった。その頃世間を賑わせていた「女子大生亡国論」がテーマの時は、男子生徒対女子生徒の構図で丁々発止の討論だったが、男子生徒の発言に、職業に関する責任のようなものを感じたりした。「愛国心」について話し合ったとき、まず、ある男子生徒の「この場合の国いうんは、国家なんか、国土なんか？」という発言は、それまでの私の中に全くない発想だったので、鮮烈に記憶に残っている。

もうちょっと勉強すればよかった、という若干の悔いはずっと持ち続けているが、生涯にわたる友達を何人も持てた、人との関係の濃い高校生活だった。ある種の高揚した精神状態を維持し続けた三年間だったと思う。

タイトルにした短歌は、歌人である国語の先生の影響もあったか、私が日記に書きつけていたものの一つ。当時の心持がよく表れていると思う。

■真っ黒に感じた思春期の思い出

保護司　糠信《ぬかのぶ》　富雄

　もの心ついたころの自分は、とにかく、あいさつをするのが嫌いで、客が来ると奥の部屋に引きこもってしまうような子どもであったらしい。この頃の写真を見ると、カメラに正面から向かい合った写真は一枚もなく、必ず視線を外し斜め前方をにらんでいる。

　小学校に入学すると、ちょうど姉が卒業して、その担任の先生が一年生を受け持った関係でクラス委員に推薦された。私は、人前に立って注目されることがいやでたまらなかったことを記憶している。だが期待に反して、毎年毎年、同じことが繰り返される始末だった。

　思春期真っただ中の中学生時代、クラスで一番の鈍足の私が、こともあろうに、クラス選抜代表選手で走る紅白対抗リレーの選手に祭り上げられてしまった。生贄《いけにえ》の儀式にも似たこの仕打ちに級友を恨んだり、運動会当日がどしゃ降りになることを祈ったりしたが、それもかなわず、当日はニヤニヤはにかんだ顔を全校生徒の前にさらけ出しながら長い長い時間をかけてグラウンドを一周した。次のホームルームの時間には担任から「遅ければ遅いなりに、一生懸命走る姿がほしかった」と、ふてくされて走る態度をクラス全員の前で指摘され「俺を推薦したクラスの責任はないのかよ！」と、何もかも投げ出したくなる気持ちで過ごした真っ暗な青春時代だった。

社会人となったちょうどそのころ、七〇年代安保闘争が社会を揺り動かしている最中だった。組合活動も活発で、何の経験もない私が青年部長に推薦される。中学時代の悪夢が思い起こされ固く辞退したが、ある先輩から「人間、一生のうちには何度か、清水の舞台から飛び降りるような決断を迫られることがあるもんだ」と諭され、しぶしぶ引き受ける。

ＰＴＡ役員から会長へと祭り上げられた時も「またか」という不安がよぎったが、結局引き受けてしまった。そうこうしているうちに、あの紅白リレーの悪夢もだんだん薄れ、一生懸命取り組むことの大切さを説いた担任の言葉もようやく理解できるようになった。それからは、何に対しても積極的に取り組むことができるようになった。

今思えば、仲間から疎外されて、苦しみのるつぼに陥《おとしい》れられたと思い込んでいたが、いやだ、いやだと思ってきた体験の積み重ねが、今の自分なのだと気付かされた。暗闇の中で、もがき苦しむ少年の心に、少しでも希望の灯をともすことができれば、それに勝る喜びはない。

■うまく表現できないけれど……

熊本「非行」と向き合う親たちの会（雨やどりの会）代表　足立眞理子

私は山間で四季折々の自然をめいっぱい感じながら育った。幼稚園、小学校は一クラスで、中学校は分校だった。

三年の時、統合され、六クラスもある大きな学校へバスで通うことになった。汽車の駅まで更に小一時間かかる田舎だったが、町だと思い嬉しかった。「町」の男の子たちは長髪が多く、それがとっても素敵で格好良く見えた。ところがある時、みんな丸刈りにしようという話が出てきた。先生からの提案だったと思う。各クラスで討論がされ、賛否両論意見が出た。私は、どうして格好いいあの髪を切らなくてはいけないのか納得できなかったが意見は言えなかった。最終的にどうなったのか覚えていないのだが、それを機に切った人もいたが、そのまま伸ばしていた人たちもいて、私は嬉しかった。

こんな話を夫としたとき、夫の中学校でも同じようにクラス討論があったという。夫は丸刈りだったが、「髪型は個人の自由」みたいなことを言ったら、先生が「それはだめだ」と言われた。他の子が「髪が長ければ溺れたときに髪をつかんで助けられる」と言ったら、

「それはいい意見だ」と言われたというので大笑いになった。夫の中学校でも、その後も長髪の人もいたそうだ。当時はさまざまなことをクラスで話し合った。また、学校で強制されることは少なかった。

就職する友人や、紡績工場に入り工場内の学校に行く友人も多い中、三学期になってから進学する子だけ残って補習という受験勉強がされることになった。私は進学を決めていたが、進学する子だけに勉強を教えることについて、行きたくても行けない友人たちに申し訳ない気がして、疑問を感じた。でも私は言葉では表せずに、せめてもの抵抗と、補習は受けずに就職の決まった友人と一緒に、早いバスで帰っていた。もっとも、補習を強制されることは全くなかった。この間、何十年ぶりに同窓会があった。紡績工場で働いていた友人たちが、同郷の友人同士泣きながら、良く頑張ったねと話すのを聞きながら、私は補習を受けなくて良かったと思った。

先日、中学卒業後農業をした友人の、中学時代の作文が出てきた。農業を手伝いながら、これからの農業に考えを馳せている文章に改めて感心した。当時は、しっかり考えている友人たちをすごいと思い、劣等感を抱いていたが、そういう友人たちからも学び、長い人生経験を積むうちに人並みにはなったと今思うから、ゆっくり歩むことも悪くはないかと思う。

私の中の革命の時代

いばらき「非行」と向き合う親たちの会（うなずきの会）世話人　谷中由利子

中学一年の時、学級文庫にあったボーヴォワールの小説を読みました。真面白な小説なのですが、いやらしい小説と思って家から持ってきたらしい男の子が友達とニヤニヤしながら、読んでいる私を見ていました。この小説がきっかけになってフランスの現代小説をむさぼり読むようになりました。新しい世界が開け、それは大人の世界であり、もっと自由な世界であり、当時の私にとって読書は人生経験そのもののようになりました。だから、勉強よりも意義があると思っていました。授業中もよく読んでいました。

ロシュフーコーの『箴言集《しんげん》』に感化されて、自分の部屋の壁に「懐疑」という文字を大書しました。既成の価値観を疑えと、親には屁理屈のようなことばかり言っていました。

よく遅刻をしました。遅刻者は毎日校内放送で名前が読み上げられました。同じ学校に父がいて、ある晩、怒り心頭という感じで、「なんでおまえはいつもいつも……」と両腕をつかまれ、私もその時「人間が決めたきまりじゃないか！」と言って父の手を激しく振り払いました。父はそれから何も言わなくなりました。

このようにして、私も父の威圧から解放されていきました。ほめられることもなく、愛されていると感じることもなかったので、ずっと否定的に見られていると思っていました。それだけで、私にとって父は充分に威圧感がありました。ある時、下級生から「優しいお父さんね」と言われてびっくりしました。またある時は、父の教え子から、父が私のことをほめていたと聞いて驚いたものです。

三年の時だったか、岡本太郎の『現代の芸術』を読んで感動し、学校で、今思えばメチャクチャな絵を描きました。美術の先生は「あんた、色盲か？」と言っただけでしたが、私の中では自分の殻を打ち破る一つの革命だったかと思います。

三年間通して担任だったのは、偉そうに説教をするのが好きな先生で、私は嫌で嫌でたまらず、説教が始まるとわざと寝たふりをしたりしました。心臓は怒りでバクバクでした。精一杯の抵抗でした。

感情の起伏が激しく、劣等感と優越感の狭間で傷つくことも多く、自分自身の感情をコントロールしたくて心理学の本も読みました。認識することで超越できると思っていたのです。

おとなしくて外目にはそう見えなかったかもしれないけれど、内面的には激動の思春期でした。

■世の中の矛盾に目覚めた体験の数々

スクールソーシャルワーカー　長汐　道枝

戦後の混乱期に東京の下町に生まれた私は、貧困や差別を深く意識することもなく受け入れ、将来は〝髪結《ゆ》いさん（美容師）〟になりたいと思っていました。

進路は美容学校と決めていましたが、入学案内を見て愕然としました。入学するのに三万円もかかるのです。当時月収一万円足らずの我が家では途方もない金額でした。急遽、進路変更して残り数カ月猛勉強し、授業料六百円の都立高校に入学しました。

高校二年生になって進路調査があり、「就職」に○をつけたところ、担任から、「女子の就職先は銀行が大半だが、君の場合は難しい」、つまり、両親健在、持ち家、保証人、親元から通勤等々といった採用条件にひっかかるというのです。母に相談すると、「何とかなるだろ」ということで、三年は一応、進学コースにしました。自分が何を学びたいのかもはっきりしないまま熾烈な受験戦争に呑み込まれていきました。

そんな中でも好きな人がいて、図書館や模擬テスト会場で隣席デートをしていました。家に電話もなく、辞書とにらめっこしながら、英文レターを書き、古文で習った和歌や物語文を引用しては互いの気持ちを伝えあうといった他愛ないものでした。

しかし、大好きな彼は、きわめて封建的な女性観を持っていました。何とか相手に合わせようと自分をごまかしてはみるものの、「そんな考えはおかしい！」という本音が徐々に強くなりました。おかげで女性史に興味をもち、『人形の家』や『女の一生』等々の本が心に染み入るようになりました。一方、彼は「受験勉強に身が入らなくなる！　母子家庭の貧乏な女の子とは付き合うな！」と父親に怒られたようで、淡い恋は破れ私は何とも言えない挫折感を味わいました。

その翌年の入試は二人とも失敗し、私は担任の先生の個人的ツテで広告会社で働くことになりました。その会社の男性社員は一流意識をくすぐられて〝モーレツ社員〟として過酷な労働環境に誇りさえ持っており、かたや女性アルバイト嬢は、〝寿退社〟を夢見て女に磨きをかける花でしかありませんでした。私は、やっぱり大学に行って女性が自立できる仕事を探そうと思うようになりました。ボーナスをはたいて通い始めた予備校では、地方出身のイキのよい方言を話す友人たちと出会い、都会育ちにはないスケールの大きさに感動しました。

翌春めでたく大学に滑り込みましたが、そこは大学紛争の真っただ中。毎日激しい議論とデモに明け暮れた四年間でした。人生を方向づける深く貴重な学びを経験しました。

ちょっとおそい青春　真っ白い息

元小学校教師　吉野　啓一

「どこの馬の骨だか、わかんねえ奴には、嫁はやれねえ」

「馬の骨とは、ひどい言い方ですよ……」

「とにかく、てめえみてえな、ろくな苦労も知らねえような奴とは結婚させねえ。決まった職が、あるんか?」

「昔の苦労と今の苦労は、違うんですよ。昔は、食べるものがない、という苦労。今、一人っ子同士が結婚するという苦労。違いがある。僕たちは、その時代の先端の中で生きている」

「何ぃ、生意気なことを言いやがって。表へ出ろ」そう言われては、表へ出ないわけにはいかない。玄関の軒先で、かみさんに腕時計を渡した。「出てこい」と言いながら、思わず、どこか国定忠治の血を引いているのだなと思った。

それは、元旦、二十二歳の大霜の朝のことだった。かみさんの叔父（土木課長）との初対面の日、吐いた息は、私にとっては、数少ない、ちょっと遅い青春の真っ白い息だった。

僕が自ら吐いたんじゃねえ、吐かせられたんだ。その日の前日までは、まちがいなく消極的人間であった。少なくも自分ではそう思っている。

みんなの家では、「あけまして、おめでとう」の元旦の朝なのにねえ。考えてみれば、かみさんはすでに教師になっていた。私は、ルンペン。今で言えば、不安定就労、またはニートというのかもしれない。とにかく、自慢できるような職ではなかった。叔父の怒るのも無理はないとも思う。心の中では、教師になりたいと思っていたことは確かだ。心の中のものは、他人に引き出して見せることができない。こんな奴に俺の心の中を丁寧に話す気にもなんねえ、そう思っていた。

しかし時間は、かけ足でやってくる。あやぶまれた卒業もクリヤー。招待する人、人数確認、会場との打合わせ。加えて、二つ目の大学の入学試験。結婚式当日の朝、大学の入学金を納入し、大急ぎでもどり、式場に直行した。時計の針が早送りで回った。これらが一週間のなかに集まった。思い出すだけでも、血が速く回り出すようだ。

あれから四十三年が過ぎた。今、薪ストーブで、かみさんにコーヒーをわかしている。煙突の先から青白い煙が流れ出ている。

人生の風景を変える言葉

こどもの心のケアハウス嵐山学園理事兼園長　須藤三千雄

私の母親は、昨年の九月に八十八歳で他界しました。先日一周忌を迎えました。

母親はいつも「ありがとうございます」の感謝の言葉を忘れない人でした。誰に対しても、どんなにつらい時にも、その言葉を欠かしたことはありません。子ども心にも「うちのおふくろは、えらいなー」と思っていました。私が高校生のころ、昼食はご飯を詰め込んだドカ弁でしたが、一粒残さず食べて帰った時には母は、「きれいに食べてくれてありがとう」と感謝してくれました。「おいしかったよ」と言うと、笑顔で「どういたしまして……」と返してくれました。いつの間にか、自分で弁当箱を洗って返すようになれたのも、母親のやさしい笑顔のお陰だと思います。

今振り返ると児童自立支援施設で働くようになったひとつの要因は、母親の生き方に〝感化〟を受けていたためだと思います。そうしたこともあってか、私の人生のモットーは「君の笑顔に出会いたい」です。

先日、退園生A君（四十五歳）から連絡がありました。A君は、新入生（中学校一年生）

の頃に「何も、生まれたくて生まれてきたわけではない。親が勝手に産んどいて、真面目にやれとか、学校を休むなとか……、そんなこと知ったことか」と突っ張っていました。面会も素直に応じませんでした。退園してから三十年、仕事や子育てで苦労してきて、今は、生きていることを感謝し、親に「産んでくれてありがとう」と思っているそうです。

親子の間では、面と向かって感謝の言葉を言うのは照れくさいので、心の中で手を合わせているそうです。そうした気持ちになれた時、いつの間にか、周りの人が自分の人生を応援してくれるように変わったそうです。

児童自立支援施設・埼玉学園の子どもたちに、A君の話を紹介しながら、次のようなことを話しました。

「施設の生活は、面白くて楽しいことばかりではありません。厳しいことやつらいことも多くあります。だから〝ありがたい〟のです。心からそう思っていただきたいのです。

特に、新入生には、施設の生活はしんどいこともあるでしょう。仲間との生活は、我慢することも多いと思います。体を動かし汗を流し、仲間と力を合わせ、苦手な学習、運動にも取り組んでほしいと思います。その悪戦苦闘の後で、人との関係作りのコツを会得できることが多いと思います。

私は、君たちにその苦しい取り組みに立ち向かってほしいと思います。一人ひとりがそ

うした決心をしてほしいのです。そうした決意と取り組みを、多くの人が切望しています
よ。君たちの幸せを願う大人は必ずいます。」

「ありがとう」、その一言は自分の人生の風景を変える貴重な言葉だと思います。

■「先生ありがとう！　みんなありがとう！」

いしかわ「非行」と向き合う親たちの会（みちくさの会）事務局長　徳井　久康

小学校の入学前、両親も祖母も家族中が働いており、その当時、学童保育などあるはずもなく、鍵のかかった家の中で妹と二人、じっと親の帰りを待っていた。テレビはもちろんなかったが、一台あったラジオすら、なぜか手の届かないところに置いてあった。

高校は金沢市内だったが、田舎者にとっては大都市。自分を人前にどう出していいのか分からず、ドキドキして国語の教科書もまともに読めなかったのを思い出す。自分がどう見られているのか気になり、（恥ずかしいことだが）大学生になった当初、学食で食事ができなかった。

三年生になり、大学祭で『どぶ川学級』*という映画を見た。私の人生を変えたとも言える映画である。映画の後、見上げた大阪の星空が、こみ上げてくる熱いものでゆがんでいたことをはっきりと覚えている。このとき、子どもと関われる仕事っていいなあ……漠然とそう感じ、マンドリンクラブに席を置きながら映画を主催したサークルの門をたたいた。毎週末、近くの神社へ出向き、子どもたちと鬼ごっこや陣取りに興じた。元気のない子どもの家を訪ね、たった一間で暮らす家族のいることも知った。

そして教師に！　でも、真面目青年で生きてきた私には、駅にたむろする「非行」少年は、範疇外の子どもだった。そんな私を、子どもたちが鍛えてくれた。

今も茶髪の鶏冠《とさか》状態でアルバムに写っているA君。卒業式を明日に控え、担任の私は彼の家を訪ねた。「少しは変えて来れないか？」、「できないよ」と彼。そんなやり取りの後、彼はこう切り出した。「先生、明日みんなの前で、ギターで歌うんやろ！　窓の外（教室は一階）で聞いとっても、いいけ？」……もちろん式の当日、窓の外に彼の姿はなかった。

卒業式の次の日。校長室で彼だけの卒業式が行われた。卒業証書を手渡した後、副担任と二人で、私のギター伴奏で歌を歌い始めた。歌おうとした……歌えなかった。その後彼は校長の椅子に座り、卒業文集の原稿に次のように書いた……「先生ありがとう！　みんなありがとう！」。彼も自分をどのように表して良いのか、分からなかったのかもしれない。このあたりからだろうか！　子どもの見方が少し変わってきたのは！

＊注　山本亘主演で、非行と呼ばれる少年少女たちが、青年労働者との交流の中で、生きる目標を見いだしていく。教育の原点を問う映画。一九七二年。

あこがれと、悔しさと

「非行」と向き合う親たちの会（あめあがりの会）代表　春野すみれ

思えば、おとなしい少女でした。痩せていて、それがコンプレックスで、胸が大きくなっていく周りの子が皆、とても大人に見えたものです。

中一の時、放送部に入って「校内放送」のアナウンサーになりました。校庭で「ア・エ・イ・ウ・エ・オ・ア・オ！」と発声練習を遅くまでしていたのは楽しい思い出です。その放送部に、私の目には女優さんのようにきれいな素敵な三年生がいました。色が白くて背が高く、少し細い目が、笑うと魅力的でした。彼女が優しく教えてくれると自然に顔がほころび、近づくとドキドキしてしまう。校舎の窓からその先輩を見つけたりすると、ついうっとり眺めていました。

同時に、三年生の野球部のキャッチャーの男の子に片思いしていました。これが初恋と呼べるものかな？　夕方になると犬の散歩と称して、彼の家の前を意味なく行ったり来たりしました。偶然の出会いを期待して……。今思えばかなり幼稚ですが、それでも胸が張り裂けそうな、切ない日々でした。

勉強は嫌いではありませんでしたが「家庭科」が得意ではありませんでした。当時の中学校では、「技術科」「家庭科」に男女が分かれて勉強したのです。短気なのでしょうか、浴衣などを何カ月もかけて縫いつづけているのがイヤになってしまいます。ふと男子生徒のほうを見ると、蛍光灯スタンドを作ったり、木製の本箱を作ったりしています。教科書もずっと面白そうでした。

初めて、男女が区別されていることへの疑問が湧きました。三年生になったときだったと思います。先生に「私も技術科の教科書がほしい」と申し出ました。教科書は無料のものだから人数分しか用意されていないと言われましたが、私は、「本代を払えばいいのですか」と粘りました。先生は、それなら大丈夫だろうと言ったので、配布当日、母からもらったお金を持って配布場所に並んだのでした。しかし、期待に反して、やはり、ダメだと言われてしまいました。教科書を読みたいのに断られる意味がまったくわかりませんでした。屈辱感のようなものを味わいました。

父親に頼んで、都心の販売会社で教科書はなんとか手に入りましたが、男子生徒がやっている魅力的な「ものづくり」には、結局参加できない悔しさをかみしめたのでした。男子と女子が異なる勉強をさせられた中学校時代。今はだいぶ進歩していると実感はしていますが、「〜らしさ」という言葉には、敏感に反応してしまう私です。

■中学二年の合法的家出

ライター　岡田　真紀

私は五人姉妹の三番目でしたが、五歳のときに子どものいない伯母夫婦の養女になりました。伯母の家には姉妹でよく遊びに行っていたので、違和感はありません。実家は東京でしたが、伯父が大阪に転勤。それでもいやがることもなく養父母にくっついて大阪にいきました。

ところが、中学に入るころになると、養母とうまくいかなくなってきたのです。大正生まれの養母は教育ママの走りのような人で、ピアノ、バレー、そろばん、スケート、習字と私に習わせました。朝、目が覚めると布団の中で「今日は学校から帰ると、ピアノに行って、その後はそろばんだ」と予定を確かめるのが日課。登校前に三十分、帰ってから一時間半ピアノの練習。勉強にも厳しく、小学校のころから定期テストの前は一週間遊ぶことは禁止されていました。私はけっこう論理的な子どもでしたが、養母に何か言うと「親に口答えしなさんな」と口をひねられます。

そこに脳溢血で倒れた祖母が祖父と共にやってきて、養母はその世話にかかりっきり。

そのころ養父は単身赴任で家にいません。寝たきりの祖母、明治生まれで威張っている祖父、一度怒ったら何日も口をきいてくれない養母。学校から帰るのも気が重いのですが、遅くなったらまた叱られます。「死にたいけど自殺する勇気はない、だれか襲ってくれないかな」と、ピアノのレッスンの帰り、バスを乗り継いで一時間の夜道を、トボトボと何時間もかけて家まで歩いたこともあります。結局、実父と養父とで話し合い、東京の実家に戻すが籍は抜かないことに決めました。その後、初めて私と養母は、ボロボロと泣きながら心のうちを吐き出しあったのです。

それから三十五年経ち、私自身三人の子育てを経験すると、このことに別の光が当って見えてきました。当時はおりあいの悪い養母という特殊な事情のせいにしていましたが、実はどんな家でも起きたことだと思えるのです。中学生になると、母親には子どもに勉強させていい学校に進ませたい、という欲が出る、老親の介護で自由な行動はできずストレスで怒りやすくもなる。子どもには親を批判的に見る力がついてくる。母と子の難しい時期だったのです。だから実家という受け皿があって、合法的に家を出られた私は、ラッキーでもありました。

それから三十年後、高校生の長男は、夜中に帰ってきて一晩中マージャンをして朝眠りに就くという生活。合法的家出ができないがゆえの、親と顔を合わせないための時間差生活ととらえ、我慢したのでした。

あの時代だったから

明星大学教育学部特任教授　平井　威

新奇追求型で思ったことをすぐ実行、大勢を前にすると能弁だったが、個人的な会話は苦手の自意識過剰気味な早熟青年だった。

転居で学区が変わって、小学校からの友達がほとんどいなかった中学校一年生。きっかけは定かではないが、教室を抜け出して屋根裏に登り、天井板の隙間から授業参観した。噂は全校に広がり、校内のワル連中から一目置かれる存在になった。

二年生の時、生徒会長に立候補した。陸上部のヒーローとの一騎打ち。落選。応援してくれた友達に、「おまえの方が良いこと言ってたんだけど、タレ目だったから負けただけだよ」と慰められた。

二年次から三年に上がるときはクラス替えのない学校だったが、私たちの代から毎年クラス替えをするという変更案が示された。このことに怒り、「二年間同じクラスで学習することがいかに中学生活にとって大切か」という論陣を張り、クラスの意見をまとめ学校側に訴えた。それが受け入れられず落胆していると担任が、「平井、クラス替え問題より、もっと大切なことがあるだろ?」と慰めとも挑発ともとれる言葉をかけてくれた。「もっと大切なこと」、それは目前に迫っていた「一斉学力テスト」だった。私はクラスに学力テストボイコットを訴えた。テスト当日、私のクラス全員は配られたテスト用紙を白紙で提出した。この年一九六六年。旭川地方裁判所が国による学力調査は違法と認定、この年を最後に学力テストはしばらく行われなくなる。

三年生になり、陸上部のヒーロー率いる生徒会を「学校当局の言いなりになっている」と批判し、有志自治会を立ち上げた。結成集会こそ教室溢れんばかりの生徒を集めたが、すぐに人数は減り、数人で昇降口の掃除をするボランティアになっていた。

部活は、入学時、背の高さを見込まれバスケットボール部に所属した。しかし、背は止まり足首の捻挫を繰り返した三年間、ついにレギュラーになれず「背番号9」に甘んじた。それでよくやめなかったと今にして思うが、たぶん部員が六人しかいなかったからだろう。毎年、意中の人が一人いた。しかし告白はしなかった。振られることも怖かったが、それ以上の理由は、「いいわよ」と言われた後はどうすればいいか?「結婚」以外想像できなかったからだ。

そんな中学生だったが、進学校の高校に進む。高校時代は、さらに過激に「反抗挑戦」を試みる。学園紛争、七〇年安保と、私のような青年には活躍しやすい時代だった。

■遅い反抗からの卒業?

おおいた「非行」と向き合う親たちの会（ぱすたの会）世話人代表　小林美由紀

大分県豊後高田市に「昭和の町」という観光地があります。先日、久しぶりに家族がそろったので、休日を利用して出かけました。「昭和の町」とうたっているだけに懐かしい展示物が数多く集められています。昭和の時代にタイムスリップした私たちは、それぞれが当時に戻って、懐かしさに浸ったひと時でした。

昭和二十年代生まれの私は、幼いころから小学校低学年まで田舎で過ごしました。自然に固まれた生活は楽しく、裏山でかくれんぼをしたり木の茂みを利用して基地を作ったり、小山の傾斜を利用してスキー遊びをしたりと夕日が沈むまで自然を遊具に遊び、有線放送から流れる音楽で帰宅を告げられていました。

その後、父の転勤で二度小学校を変わりましたが、転校のたびに新しい環境になじむのに不安と緊張があったことを覚えています。田舎では優等生だった(らしい)私でしたが、だんだんと勉強についていけなくなり、コンプレックスを持つようになりました。両親は戸惑う娘の変化に気づいてはくれず、寂しい気持ちのまま一人で葛藤をしていたことを思い出します。

東京オリンピックの年、我が家にテレビが来てからは家族でテレビ画面を見ながら食事をしていたので、家族でにぎやかにおしゃべりをしたという記憶がありません。家族のコミュニケーションはすっかりテレビに奪われていました。

いじめられて嫌な思いをしたこと、無視されて悲しい思いをしたこともあります。でも、親に相談することなく、ひとりで抱え込んでいました。また、子どもながらに社会に（親子関係の中にも）差別や偏見があることに疑問も持ちながら成長しました。親にこれといった反抗をせずに過ごし、気持ちはずっとくすぶったままの状態で大人になりました。

いつか両親に認めてもらいたくて頑張ったのですが、ほめられることなく逝ってしまいました。成人したわが子に積年の思いを話したところ、「いいやんか。お母さん頑張ったやんか。ぼくたちがおるじゃろ？」と子どもがほめてくれました。

レトロな「昭和の町」を散策しながら、空腹のおなかを満たすために入ったレストランで、店主から「いいですねえ。楽しそうなご家族で。いまどき、お母さんについてくる子どもなんていませんよ」。（へーそうなのか……。）やっと、私の反抗も五十歳を過ぎて完全燃焼したように感じます。

■娘がくれた私の思春期

適応指導教室指導員　松本　京子

「本当の自立は親への反抗をくぐり抜けたときにできる」――そんな言葉を何かで読んだことがある。

私は娘の反抗に苦しんだ。今思えば、娘は私たち親を反抗に足る存在と認めて精神的なサンドバックにし、「大人から評価される自己からの解放」を主張したのだ。自分は自分でいいのだと、不登校・非行という形で自分を崩していったのだ。あの時はそれがわからず、戸惑ったが……。

私自身の思春期は？　と問われると、「親や教師に従順な子どもだった」と言うしかない。反抗した記憶がないし、親と一致していることが自分にとって必要なことだと思い込んでいる、真面目で一生懸命な少女だった。

そんな私を襲った忘れられない出来事。私はそのことをずっと心の奥に閉じ込め、カギをかけていた。

中学一年のときだった。美術の教師からのセクハラ。今の時代なら、大きくマスコミに取り上げられただろう。この数年で思い出すようになり、「性」に関する公開学習会で、初めて人に語った。私は被害者であるにもかかわらず、拒否できなかった自分が悪いと、自分に非を向け、その記憶自体を奥にしまいこんできた。

「私は悪くない、批判されるべきはあの教師なのだ」と語ったことで、とても楽になった。心の窓が開いた気がした。

思春期という多感な時期に味わったつらさは、「性」を正しく受けとめる妨げとなった。また、思春期に、もう一人の自分をつくれなかった私が、不満をずっと持ちながら、ねじまがった形で私の中にあって苦しかった。

娘と向き合いながら、私は私と対峙することになった。遅い思春期の始まり、そして思秋期へ。わけの分からない怒りや悲しみを味わい尽くした。古い常識や世間体という枠の中でしか物事を見ることができなかった私の両親は、九十歳を越え、あの頃のことは忘れてしまったようだ。

遅い反抗期も卒業、怒りはいたわりへと変わった。自分で他人を生きる人生から自分で自分を生きる人生へシフトしている。

■シュークリームの女の子

臨床心理士　遊間　千秋

思春期の頃の自分を思い出すと、気恥ずかしく落ち着かない気分になります。当時の私は、内気で臆病な子どもだったのですが、一方で、人からプレッシャーをかけられることや失敗を恐れ、本音を口に出せず、その場だけ丸く収まればいいとするような、ちょっとずるいところがありました。私は、中学一年時、住宅地にある落ち着いた中学校から、郊外に転居しました。転校先の学校は、田舎の田んぼの中にあって、荒れていました。授業中、先生にたてつく生徒、飴玉をなめたりお菓子を食べたりする生徒、そして授業中に他校生が誘いに来ると遊びに行ってしまう生徒。「まじめな学校」からの転校生は、居場所を見つけることがなかなかできず、戸惑ってばかりでした。

まじめな子だと圧力をかけられそうと思った私は、曖昧な笑顔を浮かべ、時に「問題児」たちに同調し、なるべく波風のたたないように過ごしていたような気がします。ある日、問題児グループの中心的存在だった一人の女の子が、「遊ぼうよ、うちにおいで」と誘ってくれて、本当は気が進まなかったのですが、ついていきました。彼女は、帰宅途中のパン屋でシュークリームを二つ買ってほおばり、一つを私にくれました。買い食いや寄り道を親から禁止されていた私は、びくびくしながらも、彼女と一緒に食べながら歩きました。

買い食いはことのほか楽しく、また怖いと思っていた彼女がとても温かかったこと、彼女の家がそれまで私が見たこともないような貧しい作りだったことなどから、私の彼女への見方は少し変わりました。本当は素直で優しい彼女が、学校の先生の前であんなに反抗的で手に負えない感じになるのはどうしてなんだろう、と。でも、翌日、学校で見た彼女は、それまでと同じく、どうしようもない「問題児」でした。

大学の心理学のゼミで、非行について学んだ時、あの頃のことが一気によみがえってきました。私の周囲にいた「問題児」たちのこと、臆病で卑怯な子どもだった自分のこと、自分はどうふるまえばよかったのか、彼らにとってどんな存在になりえたのか。この年になっても正解はみつかりません。ただ、あの頃のことがあったから、非行問題にかかわる仕事にひかれたのかもしれません。

今、私は、仕事を通じて、非行の真っただ中にある子どもたちや悩んでいる家族の方々とかかわることが多くあります。そして、今の私は、プライベートな人間関係においても、仕事を通しての人とのかかわりにおいても、まっすぐにちゃんと向かい合いたいと思いながら過ごしています。それでも、時々弱気になったり迷ったりして、シュークリームの彼女のことを思い出すのです。今会えれば、笑って大人の話ができるでしょうか。

K子のこと

不登校問題を考える東葛の会世話人　池田　康子

私の故郷は茨城県の北部。小さな海辺の町。子どもの頃（一九五四年生まれ）は、石炭産業が盛んで、小学校の生徒の半分近くは炭鉱住宅に住んでいた。仲よしだったK子やM子も炭鉱住宅に住んでいて、よく遊びに行った。

しかし、小学校を卒業する頃には閉山の噂が子どもの耳にも聞こえるようになり、転校していく級友も出始めていた。

卒業式が近くなったある日、K子が「毛糸があったら、ちょうだい。」と言うので家にある毛糸を渡した。一週間くらいたって、その毛糸は手袋になって私に手渡された。「ごめん。毛糸を買えなかったので康子ちゃんの毛糸を使ったんだよ」、単純な私は、お礼を言うより「手袋が編めるんだ」とびっくりする方が先だったように思う。

物を作ることが苦手な私は、自分の好きな本、ルナールの『にんじん』を贈った。中学に入学後、K子とは疎遠になり、クラスが違ったこともあって顔を合わせることもなくなった。

二十歳になったばかりの頃、偶然、M子と出会った。「K子は今どうしているの？」と聞くと、「知らなかったの？　千葉の船橋で働きながら夜間高校に通っていたんだけど、ガス事故で亡くなったんだよ」と言うではないか。

本当に何も知らなかった。がんばりやで、やさしくて、手先が器用で、私にないものをいっぱい持っていたK子は、もういない。ショックで声も出なかった。

炭鉱が閉山になり、ズリ山周辺を整地して工業団地ができた。思うように工場誘致が進まず、東洋一の火力発電所を作る計画も頓挫し、町の人口は激減した。

そして昨年の大震災。海岸近くの建物は津波で被害を受けた。実家の古家も崩壊した。

故郷を離れて三十七年。さまざまな出会いがあった。今の自分をかたち造った出会いがたくさんあった。しかし、思春期入口に故郷で出会ったK子とM子の存在はとても大きいように思う。

■普通の私が育つ陰には

京都府保護司会連合会事務局長、保護司　湯浅　妙子

昭和二十九（一九五四）年、商家の孫娘として生まれた私は、紆余曲折あったが、普通に大きくなったと思っている。私が二歳の時に離婚していた母は、病弱な祖父に代わって家業や家族のことを一手に引き受け、町内でも働き者でとおっていた。

家族は多く、寂しいと思った記憶はないが、日々の暮らしや外出など母との思い出はない。小学校に入るまでは、近所の多彩な職業の人たちの家で育った。その家の家族とご飯を食べて遊んでもらって店を閉める頃、一番下の叔父が迎えに来て家に帰る生活をしていた。たまに母が迎えに来てくれると飛び跳ねて喜んでいたと、大きくなってから聞いた。

小学二年、父の日の作文を書くという課題に、父はどこにいるのか、なぜ家にいないのかと母を問い詰めた記憶がある。母の答えは、「遠いところで働いてはるから帰ってこれへんね。いつも良い子にしてるか聞いたはるよ」だった。昭和三十年代は、母子家庭も珍しく、父親のいない子どもは学年で私だけだったように思う。だが、それでいじめられることも、何か不自由を感じることもなく、たいした疑問も持たず思春期になった。

中学三年の夏、受験勉強もせず高校生と偽ってデパートの屋上で同級生とアルバイトを始めた。学校の知るところとなり、親は呼び出され校長室で叱られたが、父親がいないことで私はアルバイトを続けることを許された。お金が必要だったわけでもなく、母は「勉強さしてもらい」と言っただけだった。この時も父親のいない悲しさも引け目も感じず、同級生に対して妙な優越感があった。

高校生になり部活の後のおしゃべりで夜遅く帰ると、近所の人に「嫁入り前の娘がこんな時間までどこ行ってんのや！　お母ちゃんが泣くで！」と叱られた。「ほっといて！うるさいな！」と思ったが、「は〜い（笑）」と馬耳東風で口には出さなかった。この頃から、近所の人が学校帰りの私を見つけては、お菓子を口実に家に招き入れ、昔話や母の事をよく聞かされた。

普通に大きくなったと思っているのは私だけで、周りの大人たちは危うさを感じ、どうすれば非行に走らず育つのか気を揉んでいたという。爪を噛んだり風邪でもないのに咳をしている私を見て、日々我慢を重ねている、と大人たちは思ったそうだ。

母は周りの人に付け届けを欠かさず、育てる力になってほしいと、事あるごとに頭を下げて頼んだそうだ。そんな母の思いと、母の思いを受け止めてわが子のように、時には第三者の目をもって関わってくださった人たちがいたから、普通に大きくなった私があると思う。

■十八歳には戻りたくない

大東学園高校非常勤講師　阿部　和子

岩手県南部にある母校は、校舎の裏手に磐井《いわい》川という北上川の支流が流れていた。四月五月の放課後は、新入生の地獄の季節。連日、応援団の先輩たちによって河川敷に集合させられ、校歌や応援歌を教え込まれた。声が小さいと言っては、やり直し、声が揃っていないと言っては、やり直し。

前身が旧制中学であるため、いわゆるバンカラな校風で、弊衣破帽の応援団が幅をきかせていた。一年生にとっては、先生たちより何より応援団の先輩が怖かった。そして、あこがれでもあった。

今にして思えば、たった二歳しか違わない人たちなのに、十六歳の一年生にとって十八歳の三年生は大人に見えた。自分も三年生になったらあんなふうに堂々とできるのだと思っていた。でも、自分が三年生になった時には、受験の圧力と自分が何者になっていくのかという不安で、堂々とするゆとりなんて全くなかった。

そんな高校生活の楽しみは、演劇部の活動だった。放課後、木造の傾きかけた部室に集まっては発声練習や柔軟体操、セリフの練習を、結構まじめにやっていた。そして、合間には三年生の先輩から先生たちのうわさを聞いたり、試験対策を伝授されたり、さまざまな情報を得ることができた。

応援団の練習がなくなる六月からは河川敷での練習もよくやった。川に向かってやる発声練習は気持ちよかった。部員ではない友達から「よく恥ずかしくなくやるね」と言われることもあったけれど、恥ずかしいなんてとんでもない。結構得意になっていたような気がする。演劇部は秋の文化祭の花形で、その部員であることはちょっと誇らしいものだったのだ。

しかし受験校だったため、最終的には成績がものをいう。定期試験も模擬試験も、学年上位のものが順位とともに張り出されるのだが、劣等生だった私は一度も張り出された経験がない。そして、成績が上位でない生徒は存在感が薄い。

「どうせ、私のことなんて誰も覚えていないし……」という劣等感はずっとあって、同期会に参加できたのはつい最近、六十歳になってからだ。

楽しかった青春時代、と言う人もいるけれど、「受験」の文字でいっぱいになる十八歳には二度と戻りたくない。

人がいなくなった町で

千葉大学教授　片岡　洋子

十八歳で東京の大学に進学するまで私が暮らした福島県富岡町夜《よ》の森《もり》は、三・一一東日本大震災以降、多くの人に知られるようになった。樹齢百年を超える公園通りの古い桜並木に続いて、比較的新しい中学校前へと続く桜並木は、私が子どもの頃は若木だったが、いつの間にか見事な桜のトンネルを毎年楽しませてくれるようになっていた。その桜並木を今はバリケードが分断している。バリケードの向こうは放射線量が高い帰還困難区域だ。私の家はその中にあった。

母はサラリーマンの父と結婚し東京で生活していた。しかし父は私が一歳の時に急死。妊娠七カ月だった母は妹を出産した後、実家のあった夜の森に戻って父の夢だった本屋を開業し、私と妹を女手一つで育てた。しかし五十年以上前の田舎町で本を買う人は少なく、日用雑貨やプラモデル、文房具などの売り場が半分を占めるような店だった。やがて大人の週刊誌が売れ出し、子ども向けの月刊や週刊のマンガ誌も続々と刊行され、主婦向けのいわゆる「婦人雑誌」の定期購読者も増えて忙しくなり、私は店番、配達、集金を小学生の頃から手伝った。取次への月末の支払いが足りないときは、母が知り合いに電話で借金を頼む。それを受け取りに行くのも私の役目だった。

幼い頃、急に母が怒り出して叩かれたり物を投げられたり、外に出されたりした。しかし、いつからかそんなことはなくなった。経済的困難が母に暴力をふるわせたのだと、大人になってから理解した。

そんな母の苦労を見て育ったので、正面切って反抗することはなかった。電車で一時間かけて、いわきの高校に通っていた頃、お昼代を店のレジから持っていくことになっていた。母はお金の管理に甘いので、いつも多めに持っていって、学校帰りに出入り禁止の喫茶店やジャズ喫茶に入り浸っていた（私の高校は入店していい喫茶店を指定していた）。母の目が届かないところで、母には知られずに、裕福な家庭の友達と遊ぶ時間が楽しかった。本が売れるようになったのは、小学校高学年の頃、原発関連の工事が始まり、東芝や建設会社の社員が転入してきて本を買う人が増えたことも一因だったかもしれない。原発で貧しかった地域が潤ったと言われると、私が大学に進学できたのも原発の恩恵だったのかとつらく思った時期もあった。そうだとしても、奪われたものは比べものにならない。

先日、町役場で原発事故対応の中心になって働いている中学の同級生から、五月に還暦祝いを兼ねた同窓会をするという案内が届いた。磐梯熱海《ばんだいあたみ》で一泊して、翌日はバスでふるさとを訪れる。人のいなくなった町でも、泣いて笑って昔話に花が咲くだろう。

■楽しかったはずだけど……

自立援助ホーム カリヨンタやけ荘 ホーム長　小久保志津子

姉、私そして年子の弟。「弟ばっかり……」が口癖の子どもであったようです。

小学校で総代になったとき、母が褒めてくれました。それ以来は『オール5』を取るための学習スタイルになったと思います。みんなから「すごい」「優秀」と言われ、母にも認めてもらいたかったのだと思います（得意科目も分からなくなっていました）。

結果、失敗を回避するようになったとも思います。運動神経が良く、背の高い私は、中学入学時には複数の運動部から誘いを受けましたが、入部したのは吹奏楽部。万が一、レギュラーから外れたら嫌だし、かっこ悪いと思っていたのです（自意識過剰っていうのですかね？）。当時は「すごい」と言われ、褒められる事ばかりを探していたのだと思います。

小学校から大学まで一緒の幼なじみがいます。吹奏楽部でも一緒でした。運動神経ゼロと言われた彼女が、高校では水泳部に入りました。温水プールでしたので、よく対外試合が行われ、その度に応援に行くのですが、彼女はいつも周回遅れのゴール。

「かっこ悪い。なんでやっているのだろう？」と思い、聞きました。彼女は「泳げるようになりたいし、泳ぐことが気持ちいいし、楽しい」と言いました。その言葉を理解するのに、ずいぶん時間がかかりました。それは私自身が母となってからでした。単純に「好きな事・好きな物がある子どもであってほしい」と願うようになっていました（ない物ねだりですかね？）。

思春期と言われた時代、いつも中心で目立っていました。不良っぽいけど「頭がいいから〜」といろいろな事を大目に見てもらいました（母もその一人であったと思います）。毎日が「メチャ楽しい」と感じていた事だけは記憶にありますが、何がどう楽しかったのかは「記憶」にないのです。私にとって全てが「ファッション」であったのかもしれません。自分自身の素直な気持ちでの行動ではなかったのでしょう。

「好きな事があるっていいね。やってみようよ」、今そんなふうに、出会う子どもたちに言えるのは、あの時代の事が、今になって、よ〜く分かってきたからなのかもしれません。

■思春期――アンバランスな心

弁護士　杉浦ひとみ

人生は振り返れば、過ぎたことはいつもその未熟さに赤面するような経験ばかりです。でもとりわけ思春期といわれる時期は、感じることがどんどん増えるのに、判断する力が育っていないために、とても危なっかしく、無事にその時期を通り過ぎたことは、今になって思えば奇跡のような思いがします。

この思春期のはじまり、中学二年生の時のことははっきり覚えています。たまたま授業中に頭痛で保健室に行くことになった私に、一年生も同級だったY子さんが「一緒にいこうか」と声をかけてくれました。するとそばにいた英語の教師が「お前はできないんだから、そんな人のお節介をしなくていいんだ」とクラス全員に聞こえる声で言いました。その言葉がちょっとひっかかったのですが、私は彼女に対して教師の発言のフォローをせずに保健室へ一人で行きました。クラスの様子がおかしくなったのはその後です。女子のほとんどが私と口を利いてくれなくなったのです。何とも居心地の悪いものでした。毎朝、今日はちゃんと話をしてくれたらいいな、と思いながら学校へ向かいました。気の重い夏の林間学校や運動会もあり、学年の終わり近くになりました。ある女の子が「ゴメンね。口を利いちゃいけないってY子さんに言われていて……」と謝ってくれました。ところで、この状況を、実は教師たちは知っていたのです。そのことが職員室では「どうしたものか」と話題になっていたというのです。結局先生たちは何の手だても取ってはくれず、私の神経の太さと時が解決してくれました。でも、私はクラブがありましたし、授業にもついていけていて、そこでのさみしさや卑屈さはありませんでした。また家族も円満でした。救われるところがたくさんあったわけです。

何が悪かったのだろう、と今でも思いますが、いじめる側も教師に頭ごなしに否定され強く傷ついたのでしょう。でもそれで他人を無視することがどんな影響を与えるかは、経験もなく想像できなかったのでしょう。あるいは、仮に彼女がそれに匹敵するつらさを経験してきた子だとしても、同じことをして人を傷つけることはいけないと考えるだけの力はまだ育っていないのだと思います。力のアンバランスが一番大きいのがこの時期だと思います。それと、もう一つ、教師は「同じ道を通ってきたのだから悩みは理解できるから相談してほしい」と言いますが、子どもは信じていません。それは、大人に子どもの心など分かるはずがないと思っているからです。子どもには大人が子どもだったことは想像できないのです。

TVゲーム、コンビニ文化と共に

■「非行」はいつも私のそばにあった

心理カウンセラー　上田　祐子

元気な明るい、賢い子どもだった。しかし今話題になっている「良い子の犯罪」が、私には分からなくもない。実は、そんな少女だった。

小学校時代には、いつも学級委員だった。先生の手伝いをし、成績もよく、いつも褒められていた。でも毎日私は、自分の日記に、「これは、本当の私じゃない」と書き綴っていた。書初めが金賞にならなかった時、すなおに他の子を褒められなかった。「私の親は、私のほうが上手だって言ってたけど」、そう友達に言ってしまう私。

そしてある時、転校生がきた。みんなに囲まれてチヤホヤされている姿に、ねたみの感情が動いた。「あの子と話ししちゃダメよ」と、周りの子に言った。いじめだ。一番でいなくてはならない思いに、いつも追われている。そんな自分がいやだった。

中学校は、私立の女子中学校に通った。テニス部で体を動かし、のびのび過ごした。でも、試合になると、プレッシャーに弱い自分を取りつくろい、対戦相手が誰なのかばかりを気にして、実力以上に上に行くことを考えていた。親の期待。期待に応える私を誇らしく思う親……。強制されたわけでも、直接言われたわけでもないが、「トップでなければダメ」という気持ちが、自分の中に強かった。

常に追いつめられている感覚が苦しかった。自殺を考えたこともあった。「良い子の犯罪」が私のすぐそばにあったと思う。

こんな思いが、私を大学の心理学科に進ませたのかもしれない。学びながら、自分の苦しさから自分を解放しようと思うことができた。その後、いくつかの仕事をした後、公職についた。過去の自分ではなくなったと思っていたが、やはり、「つくろいながら頑張る自分」だったようだ。

息子の「非行」にも遭遇し、改めて私は学び直しをすることになった。そして、プレッシャーがいつの間にか私のそばから離れていった。それは、つい最近のことだ。

公職を辞し、自分らしく生きたいと改めて思うようになった。自分を認めることができると人に頼れるようになって、本当の意味で、人とつながれるようになれることに気がついた。そして、学び直しは、新しい仕事を私に与えてくれた。

■ボランティアにどっぷり

社会福祉士、精神保健福祉士、保護司　小林　良子

今思えば、親元を離れ大学生活で一人暮らしをするようになってから、私は少しずつ変わり始めました。小学生の頃は引っ込み思案で、勉強もいやで歌も苦手でした。ぐずぐずした子どもだったかもしれません。

高校入試にも失敗して、入った高校でも成績は低い生徒でした。英語はダメでしたが、理数でかろうじて点数がとれました。それで運良く、国立大学に補欠で合格して、福井県から千葉県に出てきました。親も心配だったでしょう。

専門は障害児教育でした。家の近所の重度障害の人のことが気になっていたのです。大学入学後は、やはりコツコツ勉強するのではなく、二年生頃から日本てんかん協会という、病気と障害の当事者団体の活動にどっぷり参加しました。てんかんのある子ども、青年、親御さん、お医者さん等、いろんな人と交わり、学ぶことができました。実家に帰るのはお正月ぐらいでした。

結成したばかりの協会でしたから、バザー、親子キャンプ、機関紙づくり、勉強会の準

備・受付と何にでも参加させてもらいました。そこで、本当にたくさんの皆さんに可愛がってもらいました。

学生も終わり、そのまま日本てんかん協会の職員になったくらいです。学生のボランティア活動といっても、楽しいことばかりではなく、つらいことや大変なこともありましたし、仕事となってからは、なおさらでした。しかし、活動が性格に合っていたのでしょうか、続けることができました。

門前の小僧よろしく、病気や障害の知識も人間関係も増え、この経験がその後のいろいろな活動につながっています。親の気持ち、本人の気持ちをたくさん感じさせてもらいました。その中で、自分の意見を言う、分からないことは質問をする、文章を書く、物事を客観的に見るなどの、基本的な力もついたように思います。

現在（二〇一六年）は、東京地方検察庁の社会復帰支援室で働いていますが、その他にもいろんな活動に関わっています。保護司もしています。私たち社会福祉士の関わりで、支援利用者の今後の人生が、本人にとって少しでも納得できる方向に変わると良いなと思います。

■みんないい線いってるよ〜

東京母親大会連絡会事務局次長　寺川　知子

私は、小・中学校時代がいやで、思い出さないようにしてきました。当時の友達の誰とも会いたくありませんでした。ところが最近、仕事の関係で昔のクラスメートと会う事になりました。『日本の青空』という憲法誕生をテーマにした映画の上映会を、私が育った町で開催することになり、その中で、同級生と再会することになったのです。いじめられ、暗くて陰気な私を知る人に会うのは憂鬱でした。

なのに、「あなたは活発で、口げんかでは誰にも負けなくて、元気でうらやましかった」というのです。「ええっ?」、自分の中の自分像とのギャップにびっくり! なぜ私は、あんなに子どもの頃の自分がきらいだったのか、改めて考えたのです。

私の両親は音楽好きで、いつも歌声が聞こえる家庭でした。私も当然のように三歳からピアノを始めました。そして少年少女合唱団、クラシックバレー、小学生になってからは、水泳、学習塾……。遊ぶ間もない子ども時代でした。中学一年からは、声楽の個人レッスンを受け始め、声楽家になることを期待されました。

今思っても異常と思える両親の英才教育。いつの間にか「一番でなくては意味がない」と思いこんでいたのでしょう。レッスンで叱られる事が多くなると、一番になれない、と劣等感の固まりになったのです。「できる」自分は、期待とお金をかけられてたくさんのことをしているからで、「私の才能なのではない」。そう気づいて苦しかったのかもしれません。

そんな中学三年生の頃、転機は、私が社会問題に目を開いたことでした。沖縄の返還、チリのクーデター、ベトナム和平……、世界に目を向け、人権や平和を考える青年たちと活動をするようになりました。「才能」に見切りをつけ、もっとのびのびと生きようと思ったのです。高校時代、レッスンをやめ、人生が楽しくなり、新しい自分を見出せるようになりました。

結婚して四人の子どもに恵まれました。忙しい忙しい子育て時代でした。子どもには絶対に何かを強制しない、のびのび育てたいとそれだけを思ってきました。まだ一番下は十七歳。先日、高校を中退してしまいました。彼は今、自分探しの真っ最中です。

他の三人のうち二人は定時制高校にお世話になりました。四人の子ども全部が、世間から見たら「非行」かもしれません。でもどの子もいとおしく、教えられることがたくさんあります。わが子たちよ、「みんないい線いってるよー」。そして「ありがとうー」

■脱脂粉乳の思い出

北海道大学教授　宮崎　隆志

夕暮れの誰もいない教室。下校を促すチャイム。一人残った私の机の上にはアルミ食器に入った脱脂粉乳。これが私の小学校三年生の思い出だ。先生はミルクを飲むまで、絶対に帰してくれなかった。でも、飲めなかった。

毎日、教室に残されたから、放課後に遊ぶこともできない。先生に努力不足を叱責された上でようやく放免され、一人でとぼとぼ帰った。

次第に、クラスのみんなの目線も変わった。「こうすれば飲まなくてもいい」と机の端にアルミ食器を置き、わざとひっくり返すテクニックを教えてくれた者がいた。それに従い実行しようとしたら、彼は私の「不正行為」を先生に告発した。消しゴムを落とされ、拾おうとすると頭を押さえつけられ、「やめろ」と抵抗すると、なぜか私が先生に怒られた。

登校時に腹痛が起き、遅刻しがちになり、授業が始まった教室の扉の外に立って思案しつつも、結局そのまま家に戻ることが増えてしまった。

偶然に転校し、そのような状況から脱出することができたが、四年生の作文では「僕は転校しなかったら、不良か天才かになっていたと思う」と書いたことを覚えている。

中学校と高校では友人関係も広がったものの、試験に追われ続けた印象が強い。対人関係の不安以上に、成績低下への不安が大きかった。中学一年の終了時に先生から「このままではついていけなくなります」と宣告されたことが大きかったのだと思う。

常に襲い続ける不安に打ち勝つ努力が必要だった。そして十八歳の頃には、努力すれば誰でも不安は乗り越えられると思うにいたってしまっていた。しかし、大学に入ったとき、訪問した大規模農家から「離農するのは努力しなかった奴だ」という言葉を聞き、「違う」と思いつつ、我が姿をそこに見た。

今日に至る自分の再構築はそこから始まったと思う。

■劣等感からの出発点

札幌「非行」と向き合う親たちの会（ゆきどけの会）代表　柊　ゆうき

私のふるさとは北海道の羽幌町。山と海に囲まれ、さらに四十分ほど東に行くと、今は閉山となった羽幌炭鉱町がありました。父は炭鉱関係の仕事をし、母は、専業主婦でした。私は四人兄弟の末っ子で、父は三年前にこの世を八十六歳で去りました。去年父の法要で、兄妹が集まって亡き父の話をしている時、ふと「ネエ母さん、私って小さい頃どんな子だったの？」と尋ねると、母は「おてんばで男の子とチャンバラごっこしていたよ」との言葉。「そうだったのかなあ」、今の自分から思うとなにか不思議で笑ってしまいます。

親となり、子どもの成長に喜びを感じていたけれど、十七歳の時の息子のツッパリで自分を責め悩んでいた日々がありました。私のその頃って？　姉が「あんた家のことよくやっていたよね」、兄も「人の世話をするのが好きだったよな」。そういえば、そうかな？

札幌に転居した時、私は小学校五年生。札幌の学校は田舎と違って勉強の進みが速く、気が付くと勉強についていけない自分になっていました。つねに劣等感があり、悩み、心は揺れていました。中学の頃は、男子にいじめられたこともありました。

そんな私が自分で認められる、納得のいく仕事に就こうと思ったのは中学の頃。友人が看護師を目指していて、私もやろうと思ったとき、不思議と心の中がうきうきして、もっと自分に自信をもってやってみよう、努力してみようと思ったのでした。これが私の劣等感からの出発点だったかもしれません。

看護学校時代は勉強も大変だったけれども、つねに励ましてくれる先生や友達がいました。看護師に合格したときは、「やったね、こんな自分でもやればできる」、そんな気持ちでした。今思えば息子も私と同じ時期があったのだと思いました。

劣等感と自信が持てず、何にも投げやりだった息子。でも息子の救いは、人との温かな出会いでした。そのおかげで今の息子がいます。私は、姉と「子どもは二十歳過ぎると自分の人生を、自分で歩かなくちゃいけないよね。私たちの人生じゃないもの」「でも、親だから困った時は話を聞いて、何かあったら見守ってあげる、それでいいのかもね」。姉や兄も笑って「そうだね」。

父の法要はいつの間にか終り、みんな帰って行きました。あのあめあがり合唱団がよく歌っている「十九歳の花嫁」の歌の一節、「いろいろあるよ、人生だもの、生まれたからには生きねばならぬ」、私の好きな言葉。そう、人それぞれいろいろな生き方、考え方、個性があっていいいんですね。ストレスだらけの社会ですが、ゆきどけの会で、子どもたちの声に耳を傾け、受けとめていきたいと思います。

暴力団との関係を断ち、今は仲間に囲まれて

高校教師　N

私は幼い頃から人と群れることが嫌いで、どんな事でも一人で判断し行動してきました。自分が納得しないと動かない、人に動かされないということが強く、学校では「身勝手」とか「協調性がない」などと言われていました。

確かに小・中・高校時代、先生に反発するばかり、友人はいるが親友はいない。常に一匹狼的で、特に中学三年間は暴力、暴言、遅刻、喫煙などを繰り返し、時には補導されることもありました。そして、誰にも本心を明かすことはなく、「先生は全員敵」、「一人で何でもできる」と思っていました。

そんな私は、高校三年の八月、視力低下により病院で検査を受けた結果、「二年後に失明する」との診断をされました。これまで私の扱いに困っていた両親が、急に優しくなりました。私は人から優しくされることがあまりなく、同情されたり干渉されたりするのが大嫌いな性格であったので、その親の気づかいが本当にいやで、家を出たいと考えるようになりました。

この両親から離れるために地方の大学へ進学することを考えました。でも、私の成績は学年で後ろから二番目（四百人中三百九十九位）であり、もちろん進学できる大学などありません。七つの大学を受験し、奇跡的に合格したのが岡山県のある大学でした。私は家を飛び出し「好き勝手な事をして目が見えなくなったら死ねばいい」という考えで岡山で一人暮らしを始めました。

そんな考えで大学に入学しているので通うはずがありません。種々のバイトを転々とし、たどりついたのは「組」事務所。危ない橋を渡りながらの仕事、いろんな人とのつながりなどを経験しているうちに、気がつくと四年ほど過ぎていました。

久しぶりに大阪へ戻り、再度病院へ。結果は、「あなたの目はどこまでもつかはわからないが、すぐ見えなくなることはない」と言われ、これからの自分の人生について考えてみました。学校の先生が大嫌いであったのに、あえて、教師になる道を選びました。「組」とのしがらみを断つのは大変でしたが、大学生活八年を経て大阪へ戻り教壇に立つこととなりました。

ところが大阪へ戻ってびっくり、父親が暴力団とつながっているし、弟が組員となっていました。またこの世界の人と付き合わなければなりませんでした。父と弟は事業に失敗し大借金。しかもその借金を残し二人ともこの世を去りました。私たち家族はすべての財産を失うばかりか、私は保証した借金を背負い家を出ました。弟がらみの組員と向き合わなければならないことも多く、結局、暴力団とのしがらみを断ち切れたのは今から十二年ほど前のことでした。

今年で教師生活三十三年を迎えますが、私の過去を知っている人は私に近づこうとはしません。現在、さらに視力低下が進み、一人では歩くことができなくなったものの、借金はほぼ完済でき、家族と職場の仲間たちに囲まれて、楽しく過ごすことができています。

私は私で生きていく。それでいいよね

ＮＰＯ法人オニバスの種理事長　草刈　智《ち》のぶ

日本三大急流に数えられる球磨川《くまがわ》が流れ、周りを山々に固まれた熊本の人吉《ひとよし》で兄一人姉三人、しかも母は四十歳の高齢で私を産みました。思春期を迎える時期には父母と私の三人家族になっていました。中学一年の夏休みがもうすぐ終わるというある朝、突然母は倒れ、夕刻には逝ってしまいました。

私は反抗も抵抗もないままに、家事をこなしていく日々を過ごしました。甘え放題の末っ子からの大変身。母を亡くした悲しみを感じる暇さえない毎日は、今から思うと、悲しみを癒してくれたのかもしれません。農業を営んでいた父の話し相手は私になりました。我が家を訪れてくれる人が少なくなっていったからです。とても社交的な父にとって話し相手がいない生活は寂しい限りだったようです。私は子どもからいっきょに大人のように扱われてしまいました。父は二年後再婚しました。洗濯や掃除からは解放されましたが、家族の関係は複雑になりました。継母を母として認められない私がいました。父とも話をすることも少なくなり、高校生活は自分のことだけを考える日々でした。

母との突然の別れ、父との精神的な別れをした中学・高校生活でした。その後大学進学を目指し上京し、姉の援助を受け、大学時代には経済的にも自立してしまいました。もしも父が再婚しなかったら、これほどすっぱりと自立できたかわかりません。父が父自身の生活を大事にしたことが、私が一人で生きていくきっかけをつくってくれました。「親から離れていいでしょ。私は私で生きていく。それでいいよね」言葉にはできませんでしたが、そう心の中で思って列車に乗っていました。

高校時代、家庭から飛び出すことも、学校からドロップアウトすることも、私には考えつきませんでした。苦しい気持ち、大人に対する不信、それをわからないまま自分の内部に抱え込んで、封印していたように思います。

父が自分の生活を大事にしたように、私は自分の将来を大事にしようと考え、「大学に進学し教師になろう。この境遇に負けたんだねと他人に簡単に言われるようにはなりたくない」という思いだけが、私を支えていました。一人で大きくなったような気がしていました。この後、たくさんの挫折を経験したこと、そしてなにより子どもを育てたことで、〝人は一人で生きてはいけない、みんなで支え合っていくものだ〟とやっとわかるようになりました。

振り返ってみると私の思春期は不完全だったのかもしれません。それでも大人になりました。それでいいと思っています。

■そんな時代もあったねと♪

新宿区職員　根津　一秀

私は、仕事で「思春期の子どもと向き合う連続講座」を担当させていただくことになり、自分が忘れていた何十年も昔の日々を思い出すことがしばしばあります。もちろん、断片的にしか思い出せない中で、乱文を記すことをお許しください。

私が思春期の時代は、パソコン、スマホなどありません。そんな時代の思春期を象徴したものと言えば、「ラジオ」だったと思います。自分専用のテレビやステレオは望めるはずもなく、当時は自分専用に持てる唯一のメディアとして「ラジオは友達」でもありました。ラジオから「ラジオメーカーのコマーシャル」が流れることも多く、ＣＭソングに「ラジオを聴いて勉強してます♪　ラジオを聴いて大人になります♪」等という歌詞さえあったものです。

当時のラジオは午後十一時を過ぎると、中高校生向けの番組が数多く放送されていて、特に「深夜放送を聴くことが共通の話題」として翌日の学校での友達との会話になることもしばしばありました。「勉強して夜中起きているからラジオを聴く」いう手段が、いつしか「ラジオを聴くために起きている」という目的になって、ラジオは思春期の睡眠障害を起こす有害なメディアという一面もありました。

深夜放送のディスクジョッキーの語りには、音楽紹介や笑い取りだけでなく「中高生の悩み相談」の側面もあり、今にして思えば思春期の成長を支えてくれたことは間違いないでしょう。私はほとんど聴いていませんが、『大学受験ラジオ講座』や『百万人の英語』というラジオ番組もありました。

何十年の後の今、中高生の多くが自分専用の携帯電話やスマホを手にしています。それは、知識を取得し友達を作ることができる魅力あるメディアになっています。おそらく、今の思春期の象徴であり成長を支えるかも知れません。しかし、そうしたメディアの情報が引き起こす事象や事件は、昔のラジオや雑誌からは想像さえ及ばないものだと考えられます。

最後に、昔ラジオから流れていて、私が勝手に「今でも通じる名曲」だと思う歌を記して終わります。それは、中島みゆきの『時代』です。

歌の通りに、今日はくよくよしないで、今日の風に吹かれましょう。

■悩み、語り合うことが保障されたあの頃……

不登校・ひきこもりを考える埼玉県連絡会　鳥羽　恵

三十年前の青春と今の青春は何が違うんだろう。

三十年前、私はある県立高校の入学式に「ひとり」で行った。高校の入学式に参加する父母は多くはなかった。高校の入学式は親が仕事を休んでまで参加するイベントとしては位置づけられていなかった。ある意味でひとつ大人になったことを認められていたのかもしれない。この入学式で私は背筋の伸びるような感覚を味わった。「これからは自分で考えたことを言葉にし、時間がかかってもみんなで話し合って決めていく」ということを時の校長が静かに話していた。

「学校のことは教師が決めるのではない。生徒と教師で決めていく。教師はサポーターで主役は君たち」……というような内容だった。

今親としていろいろな経験をさせられた私も、三十年前は、私の子どもたちと同じ立ち位置にいた。同じように部活に明け暮れ、恋愛をし、受験勉強をし、たまには道を逸れてみたりもしたが、大きく違うのは自分のために生きていたということかもしれない。だからといって、のんびりお気楽に過ごしていたかというとそうではなく、青春時代は生きているることそのものが悩みのかたまりみたいで、友達のこと、好きな人のこと、親のこと、将来のこと、社会のこと、遠くない将来に大人として背負っていく課題の重さに押しつぶされそうなほど悩みに悩んでいた。ただ今と違うのは、答えの出ないことに時間をかけてたっぷり悩み、語り合うことが保障されていたということだ。それでも苦しい青春時代。「自分が主役」の自分の人生を生きることは並大抵のことではない。答えのない「無駄」とも思えるようなことを心ゆくまで語り合い、悩みぬけることが保障されて始めて大人へと向かっていける気がする。

この高校はかつて全校生徒がクラスや全校での討論集会をかさね、生徒会がねばり強い交渉を続ける中で「生徒の手による真の自治」を勝ち取った。今も制服はないが、どこまで「生徒の自治」が守られているのだろう。数年前文科省の「進学指定校」になったが、「自由な雰囲気」と今も言われる。入学式で聞いた、「これから自分で考えたことを言葉にし、時間がかかってもみんなで話し合って決めていく」という言葉は三年間保障してもらった。このことを保障されることは決して楽ではなく、時間もかかり、面倒な思い、試行錯誤とやり直しの繰り返しだったが、考えたらそれも保障してもらえていたわけだ。この言葉は今も生きているのだろうか……。

■私の「終戦」

家庭裁判所調査官、臨床心理士　遠藤　啓示

胸腹に残る「ケロイド」。私の記憶にない一歳半頃、熱湯をかぶってできたらしいそれは、人生を変え、そして作った。

小学時代の私は、授業中は超真面目、休み時間はエッチマン、誰とでも遊び、のんびりしていたせいか男女に結構好かれた。しかし、中学生になると「こんな体では恋愛、結婚はできない」と思い詰めたが、親友には話せなかった。思い余って親に話しても、親や祖母は責任のなすりつけ合いをした。

水泳のある夏は最悪だった。ずる休みするだけが精一杯だった。

毎夏、自殺を考えた。ケロイドを小刀でそぎ落とそうと考えたこともあった。

家庭裁判所に勤めて数年、二十代後半の私は、意を決して一人病院の門を叩いた。悩み始めて十五年がたっていた。最後にたどり着いた大学病院の医師は言った。

「治りません」

「どんな手法を用いても、手術痕は残る。何もなかったようにはできません」

病院を出て歩きながら、強い絶望感と同時に不思議な安堵感を覚えたことを、今でもよく覚えている。今振り返ると、これが「私の終戦」だったかもしれない。

数日後、同僚が「スポーツクラブがオープンしたから」と私を誘ってくれた。「柄じゃないよ」と断ったが、次の日曜日、私は小学校以来のプールに浸かっていた。

今でも胸がキューンとする「私の青春」である。

学校なんて嫌い、から始まった

一般社団法人ムーンライトプロジェクト代表理事　平野　和弘

学校の正義を代弁し、教師の顔色をうかがう。それが中学生・思春期の私でした。「アイドルのポスターを教室に張りたい」。級友の意見を「学校生活にそぐわない」と拒絶し、教師を後ろ盾に、私は優等生を演じ続け、ひとりぼっちになっていたことさえ知りませんでした。

熱中していたのは水泳部。顧問のなり手がつかず、学校のお荷物でした。新任の教師が他の部と兼任。渇水だからと、夏休みまでプールに水を入れてもらえず、ある年は、試合にさえ出場させてもらえませんでした。でも私は、教師は教師なりの理由があるのだと、彼らの都合を心配していたのです。「泳ぎたい」といつも顧問を困らせていた私は、水泳部のキャプテンを下ろされます。代わりは部活に出てこない同級生。だからこそそのキャプテン。水泳部はつぶされました。ようやく私は教師に裏切られていたのだと、気付いたのです。教師と学校を憎むことになりました。

高校の進学先は伝統校。水泳部も熱意ある顧問がいて、泳ぐことに打ち込めました。だとしても教師や学校を信じたわけではなく、中学時代の思いは変わりません。

大学では、水泳を科学で捉えるために運動生理学を専攻したいと、教師になる気など、まったくないのに教育学部に進学。しかし「研究者を志すなら現場を経験して来い、一度は生身の生徒と接してみろ」との指導教官の言葉を受け、仕方なく教師へ。そこで「保健の授業」の教材研究にのめりこみ、熊本県水俣市にでかけ、水俣病の患者さんや支援者の方々と出会います。「わざわざ来てくれてありがとう」との言葉とともに「教師としていつまでも水俣を伝え続けてください」とのメッセージを受けとりました。これが、教師を続ける理由のひとつとなりました。

大きな転機は十年目。定時制への転勤でした。生徒との格闘、私自身との格闘。その先に、青年が光り輝き「変わる」場面に何度も立ちあわせてもらいながら、人はいつも成長できる、未来を想起できる、との確信をいただきました。生徒たちに、教師としての命をもらったのです。

二〇一三年春。定年まで七年を残し、教師を辞し「誰もがいていい場所」「新たな学びの場」づくりを目指して、ムーンライトプロジェクト（月あかりの計画）を立ち上げました。私を教師にしてくれた元生徒たちへの恩返し。目の前の青年たちとの楽しい格闘の時間が始まっています。学校嫌いだった私が今、新たな学校をつくろうという場所にいます。

■ほめられて自信をつけて

ＮＰＯ法人高卒支援会理事長　杉浦　孝宣

東京で生まれ育ちました。子どもの頃はアレルギー体質で、いつも鼻水をズルズルとやっていました。そのため、友達や女の子からもからかわれたり、時には石を投げられたり……。毎日保健室に行っていて、勉強もできない子どもでした。

転地療養をすすめられ、小学四年生の時、千葉の竹岡健康学園という養護学園へ行きました。そこでは海や川で泳いだり、乾布摩擦をしたりと午前中は運動を、午後は少人数で勉強する生活。最初の一週間は楽しかったのですが、だんだん「このままでは皆に置いていかれないか？」と、不安が襲ってきたのを覚えています。

しかし一カ月半で体力もつき、勉強ができない子のことをわかってくれる先生のおかげで、遅れていた勉強も追いつき、戻ってからはいじめられることもなくなりました。

中学校では、本を読むのが好きでした。特に歴史の本が好きで「歴史博士」なんて呼ばれ、初めて勉強に自信がつきました。でも他の教科はさっぱり。都立高校には入れたものの、ギリギリの合格だと先生に知らされました。「そうとう頑張らないと付いていけないいぞ」と先生。親父からは「赤点取ったら働け！」と。

そこで出会ったのが、鈴木先生です。英語が全然できない私に、先生は「君はできるようになる、どことなく発音がいいよ」と励ましてくれ、エンジンがかかります。今度は英語ばかりを頑張ることに。とにかく勉強に必死で、友達と遊ぶこともない、空気の読めない堅物高校生でした。

先生のおかげで英語はできるようになったのですが、またまた他の教科はさっぱり。すると、「英語しかできない君は、留学しろよ」とのアドバイス。その後押しもあり、カリフォルニア州立大学に留学することができました。

大学には国籍も年齢も様々な人がいて、「いつからでもスタートできるんだ」「学ぶことは一生続くものなのだ」ということを学びました。

今、不登校や高校中退者の進学支援を行っていますが、自分の経験から「少しでも良いところをほめる」ようにし、「人生いつからでもスタートできる」ことを、子どもたちに伝えたいと思っています。

■振り返って思えば、恋しい思春期

エンジェルアイズ代表　遠藤　美季

　思春期を親や社会への反抗、自分自身の迷いの時代とするならば、私の思春期は中学二年から一人暮らしを始める二十歳までという長い期間でした。一人暮らしを始めて、親と向かい合うことができる距離を知り、やっと思春期という混沌とした時代から抜けた……そんな気がします。

　思春期の真っただ中の私は、親や先生の言葉には耳を貸さず、また自分を理解してもらえないものと思い込んでいました。特に中学から高校にかけては、親に対してやみくもに反発していて、自分一人で生きていけると信じ、反抗することが多く親を相当悩ませていました。

　なぜか社会に対しても不満を持ち、社会になんとなく身を任せて生きる大人になりたくないなどと生意気なことも考えていました。その一方では毎日友達と馬鹿みたいに笑ったり、悪ふざけをしたり、部活や勉強、恋にも真剣に悩んだりと本能に振り回され、わけが分からないまま、それでも精一杯日々過ごしていたように記憶しています。

仲のよい友達もいて、毎日笑って過ごしていたのに、夜一人になると、抗《あらが》うことのできない漠然とした大きな物に対して窮屈さや不安を感じ、そこから抜け出したいという思いが常に頭の片隅にありました。

そんな私にとっていつもそばにあったのが手塚治虫の漫画と好きな小説、ラジオ、テレビでした。特に当時のアニメは、弱者を助ける正義や、貧しくとも明るく暮らす家族の姿、自分を信じる孤高のヒーローが中心で、そんな彼らに憧れ、希望や夢を抱いていました。

また手塚治虫の漫画からは、哲学と言えるような知識をたくさん学びました。人が謙虚に生きることや文明のおごり、はては宇宙の存在まで……『火の鳥』や『ブラックジャック』などさまざまな作品から吸収していました。それらのものが、自分自身が見えずにもがく思春期に、自分が進む方向を示す一つの羅針盤になってくれていたように思います。

後に、自分が思春期をどうにか乗り越えることができたのは親の愛情と厳しさのおかげだと気付くまでに、さらに十数年かかるのですが、今は、当時のことはかけがえのない成長の時だったと、懐かしく愛しい思い出になっています。

■自分探しの旅の先

スクールソーシャルワーカー　岸本　靖子

「自分探し」。一言で表現するなら、それが私の思春期・青年期でした。言葉を変えて言うなら、「自分の居場所探し」とでも……。

思春期には「私にしかできない何か」を探し、書籍を読みあさったり、漫画を描いてみたり。その頃の私が感じていた漠然とした寂しさや孤独は、家庭や学校でどこか満たされないといった贅沢なものだったのかもしれません。けれど、思春期特有の切羽詰まった焦りの感覚がそうさせていたのだとすると、誰の足元にもありそうな穴ぼこが私の足元にもまたあったと言えるでしょうか。ほんの少し足の置き場が違えば、私も落ちていたであろう水たまりです。

青年期には「私を待っていてくれるどこか」を探して、大学では考古学を学び、卒業後は遺跡の発掘現場を巡り、現場の家庭的な居心地の良さにどっぷりと浸かり……。しかし、数年過ごしたある日、高熱を発したのをきっかけにシナリオ学校へ。その後、小さな広告代理店へコピーライターとして転職。

期待通りの娘に育たなくて他家のお嬢さんを羨ましがってはみても、結局は好きなようにさせてくれた両親に、今は感謝しています。

その後、結婚し、出産、子育て。思うところあって、一転、福祉大学へ編入学。卒業後、障害児教育現場から子どもの居場所作りへ、そしてまた一歩進んだ先である現在、スクールソーシャルワークに携わっています。

今、子どもたちを取り巻く環境は、私たちが育った頃よりもずっと複雑で、余裕なく、明るさも見えにくく、息苦しいものになっています。

その中でも、子どもたちとその親御さん、家庭、教育や地域の環境に向き合う日々は、自分のそれらともう一度向き合う日々でもあり、目の前の子どもたちを支援することは、子ども時代の自分や、小さかった頃の我が子を支援することと、不思議な重なりを見せます。

不器用ながらも笑顔を忘れずに寄り添い続け、少しずつ笑顔になる子どもたちとご家族をリスペクトしつつ見守り、学ばせていただきながら、同時に過去と今の自分も癒す日々は、当分、他のものには代えられそうにありません。

「問題なく育った」と思い込んでいたけれど

群馬「非行」と向き合う親たちの会（からっ風の会）世話人　内山　平蔵

昭和三十七年厳冬の二月、私は北海道の十勝で生まれました。今も昔も人間より牛の頭数が勝っている（ちなみに現在は人口一万人弱に対し、牛は約五万頭）、とてものどかで子どもが育つには申し分ない環境の中で、「私は何の問題もなく育った」のだと、ついこの間までそう思い込んでいました。

私の生まれた家は両親と祖父母、そして三人の兄妹。共働きだった父母に代わり、私たち兄妹の世話をしてくれたのは、明治生まれの祖父母でした。祖父母からは優しい言葉をかけられた記憶がありません。電気の消し忘れや出したおもちゃを片付けないなど、動くたびに怒られるそんな家庭環境でした。ひとつ年上の兄とはケンカもしょっちゅう、持病の重い喘息を持っていた兄は守られる存在、私は常に我慢をしていたように思います。

そんな私にも母の勤め先の保育所が、心休まる場所となっていました。小学生になってからも学校が終わって帰る場所は保育所、優しい保母さんたちや給食のおばちゃんのいる保育所が私の居場所でした。

少年期から青年期にかけて熱中したのがサッカーでした。習字に始まり珠算に英語など、習い事をしても長続きがしない私を心配し、他の子たちより一年早くサッカー少年団に入れてくれました。勉強をあきらめスポーツに目を向けた両親は大正解でした。小学校から高校まで十勝の大会を勝ち抜き、北海道の大会に出場したことによる充実感は、時に横道にそれる私を「まっとうな道」に引き戻してくれました。

冒頭にも書きましたが、大人になってからは特に問題もなく育ったと思い込んでいましたが、最近になり、忘れていた過去が少しずつ思い出されています。

高校一年からタバコを覚え、友達のタイマンのケンカに立ち会ったこともあります（私はただのギャラリーでした）。社会人になってからはパチンコにのめりこみ、ギャンブル癖にも悩まされました。お金の管理も苦手で給料はきれいに使い切る、信販会社にはいつもローンの支払いが残っていました。

平坦だったと思っていた思春期から青年期の時期、結構すれすれな人生を歩んできたように思えます。そんな弱かった私を出会ったいろいろな人たちが支えてくれていたのだと、今さらながら感謝の気持ちでいっぱいになります。

■青年期の「ボランティア」活動は大切

ＢＢＳ連盟会員　鈴木　正昭

私の青年期は、ボランティア活動を通して多くの出逢いや、体験があったことが大きなことです。インターネットもない時代、情報は新聞、ＴＶや周りの人たちから聞いたことが頼りでした。

〝宮城まり子とねむの木学園絵画展〟を知人の案内で見に行きました。サイン会で宮城まり子さんに相談し、最後に「ボランティア活動頑張って下さいね」と優しく暖かい声で言われたことに舞い上がり、純真（？）な高校生だった自分は早速行動を開始。地元にボランティアセンターが開設したのを知りボランティア登録をしました。若手男性大歓迎！とすごく喜ばれ、嬉しい気持ちで帰ってきました。

最初の活動は重度の障がい者の方々が集う施設の遠足の付き添いで、担当は車椅子の介助だったのですが、施設に到着してすぐに憧れはこっぱみじんに崩れました。何とも言えない雰囲気に逃げ出したくなる気持ちもありました。年上の人から「ボク　ウルトラマン！」と言われて頭の中は大混乱。まだ始まっていないのに、「もう二度とするもんか！」

と心に決めて遠足バスに乗り込んだほどでした。

でも、車椅子の介助をした女性が「スゴクヤサシクサレテ　ウレシイ」と涙を流してくれた時に、心の変化を感じている自分に気がついたのです。「もう一回チャンスがあればぜひ」という気持ちも芽生えていました。

活動も無事に終わって、職員の方々から飲み会に誘われました。酒の席では酔った勢いで（時効ですよね……）、自分は正直な気持ちを吐露しました。「こんなんではボランティア活動は全然良くならない。こんな状態だったらやりたくない！」と管を巻いていました。生意気な盛りで何でも言ってしまう年代。生意気なボランティアだったと思います。

しかし、あの時に自分の言葉を全身で受け止めていろいろと言ってくれた職員の方のお陰で今があります。素敵な言葉もたくさんいただけました。その中でも「ボランティアの定義は自分が変えていけばいいじゃない。みんなに伝わるように、良い言葉を見つけてよ」というのは忘れられないメッセージでした。その後の自分の目標になっただけでなく、すごい励みにもなりました。東京都ＢＢＳ連盟の活動をする中でも、この時のいろいろな言葉を思い出しながら、明るく楽しく少年達と接することが出来ました。あるイベントで「最高の思い出、ありがとう」とメッセージしてくれたのは、本当に嬉しかったですね。

思春期、青年期こそ素敵な先輩とたくさん出逢って、自分の人生を豊かにする基礎を作ることが本当に大切だと心から思っています。

■居場所

子育てワークショップファシリテーター　坂爪　都

「あと三日……、あと二日……、もう少しで学校が始まる……」。

高校生の夏休み、八月の終わりが長く感じ、新学期が待ち遠しかった。学校が始まれば家にいなくて済むからだ。中高生の頃、家は居場所じゃなかった。親がうっとうしい存在で、顔を合わせることはもちろん、同じ家にいるのさえ苦痛だった。

両親はよくケンカをした。ケンカが始まると私は自分の部屋に逃げたが、ケンカの声は容赦なく部屋まで届いた。大半は私の事が原因で、後で父に「お前のせいで」のような事をいつも言われた。母は、友達や服装や眉毛の形までうるさく指図し、外出する時に玄関まで出てきて私の服装や化粧に嫌悪感をあらわにした。そのくせ、家事をあまりせずに家の中は散乱していて、そんな両親に理不尽さを感じていた。

学校だって先生は厳しいし、勉強はつまらないけどまだこっちのほうが良かった。そして、夜の街は学校以上に魅力的で口うるさく言われる事もないから、どんどんのめりこんだ。楽しくてこの世界の中で生きたいと本気で思っていた。

私の居場所は不良たちのたまり場か夜の街。そこに行くと解放された。でもなぜか心が晴れた日は一日もなく、心の底は苦しかった。助けてほしかった。何で苦しいのか、何を助けてほしいのか全然わからなかった。

大人になった今はわかる。居場所が家族じゃなかったから。一番求めたい両親や一番求めたい場所に背中を向けなくてはならなかったから。それを教えてくれる人も、助けてくれる人もいなかった。

今、小学校四年と六年の息子が、週末や夏休みに「やった〜、明日から休みだー」「あーあ、学校始まるのかー」と言うとホッとする。彼らは学校より家を居場所としているんだと。自分と重ねて確認してしまう。

しかし今年の夏休み前に長男に変化が……。「夏休み、いらねーし」と言った時は、ギクッとした。家にいるのがイヤなのだろうか、居場所が学校になってしまっているのか……。母親として反省した。

彼も思春期に入る寸前だ。母親としてやり残したことはたくさんある。新学期まで半月だ。八月の終わりに、「あーあー学校かー」という言葉が聞けるように、息子たちと過ごす時間を大切にしよう。

自分に返ってきた息子の思春期

奈良「非行」と向き合う親たちの会（つきあかりの会）代表　瀬戸こころ

私の両親は、私が幼いときに教壇から離れて酪農に転職した。わざわざ市内から不自由な山の中に越してきて、自分たちで山を開拓、しかも田舎には少ない政党に属していて、積極的に活動するものだから、地域では浮いていて、近寄りがたい変わった家族だった。

私は多忙な父母の代わりに、祖父母と脊髄カリエスを病んで独身だった叔母に育てられた。小学校二年の時、父母の住む山へ引き取られたが、すぐに腎炎を患って入院、養護学校で小学校生活を終えた。

中学校で退院し、地元校に復学した。ベテランの担任教師に自分たちの主体性をもっと尊重してほしいと、授業をボイコットして主張。田舎の純朴な中学生ではなく、勉強はまったくだが生徒会には積極的に参加し、反抗的で頑固な性格だった。

卒業の時には「お父さんに瓜二つ」「あなたには泣かされたわ」とほっとされる始末だった。

高校生になり、市内に出てまた祖父母と暮らしたが、クラブ活動はするけれど、人と同じがいやで、悪ぶって見せたかった。

時は、昭和五十年代後半。「キャロル」から「横浜銀蝿」、女子は「聖子ちゃんカット」と明菜の「少女A」でヤンキー全盛期。歌謡曲の中でおませな十代が公然と表現されるようになった時代であった。何者のせいでもないのに、社会や誰かのせいにしながら、疲れ知らずに誰かを足として利用したり、二つ上の彼に夢中になったり、怖い先輩から逃げ回ったり、喧嘩したり、暴走する一軍と仲良くなって得意になり、夜間徘徊で遊びを繰り返した。授業は出ても常に眠っていたので、成績は常に最下位。

卒業間近、仲間たちは、知らないうちに都会へ進学や就職が決まっていたが、私は、まだ遊びに飽きていなかった。父や母は、阿呆娘への近所からの噂話や非難中傷を受け、苦労して培った信頼の失墜を感じつつも、娘の幼少期ピュアだった時に聴いた言葉と可愛かった姿だけをよすがに、見透せない未来を信じ、帰りを待ち続けていた。頼る仲間もいなかったであろうに。

私は、息子の荒れた思春期に「自分に返ってきたね」と一人苦笑した。私には仲間がいた。苦悩も笑顔で過ごす、健気な父母に悔い、頭が下がるのみだ。

青春はインターネットの時代に

■経営戦略としての良い子

新宿区職員　山王　文恵

私は、神奈川県にあるキリスト教（プロテスタント）の教会と教会附属の小さな幼稚園を営む家庭で育ちました。父母と兄と私の四人家族で、父は牧師兼園長、母はクリスチャンで幼稚園教諭、兄もクリスチャン。私の生い立ちを話す時、この特殊な家庭のことを端折る訳にはいかないところが、私のひとつのコンプレックスでもあります。

牧師である父はカリスマ性のある感動的な説教が苦手で、毎週日曜日の礼拝堂は閑散としていました。私は、献金をしてくれる信者さんの少なさと、我が家の懐具合を気に病んでいました。教会なので建物自体は大きく立派に見えるけれど、屋根の老朽化で雨降りの日にはいたるところに洗面器やバケツが配され、雨だれのワルツが聴こえました。また、うちの幼稚園は年長・年少クラス各十名の寂しい状況でした。送迎バスで集客する大規模園が地域に複数ある一方で、私の両親プラス先生一人が手分けをして園児たちと手をつなぎ徒歩で送迎をする園でした。私は、園児の少なさと両親の商売っ気のなさが心配でした。

「うちは貧乏だ」と気付いた私は、子ども心に「幼稚園の増収を図るしかない」と思いました。「地域の子が入園してくれるにはどうしたらいいだろう？」と、私が自分にできることとして考えたのは、「自分が良い子でいれば、『あの子を育てている親御さんが経営する幼稚園だったら間違いない』という広告塔になれるのでは？」ということでした。

私は、道を歩いていても、地域の方と行き会う時、誰にでも笑顔で会釈をする、やたら世間に気を遣う子どもになりました。あまり園児数は増えなかったけれど、多くの地域の方々や可愛い園児たちと出会いました。また、障害のあるお子さんとの出会いが、後に、私が社会福祉の仕事を目指すきっかけにもなりました。

そして、思春期。私は、人並みに反抗期に突入しました。猛烈に両親に反抗しつつ、外では良い子でした。教会の二階にある住まいから私の罵声を聴いた方は、きっとビックリしたと思います。

今、父母は八十歳代。教会も幼稚園も引退して、地元で穏やかに暮らしています。私は新宿区に就職したのを機に地元を離れてしまいましたが、両親は今も、成人された幼稚園の卒園児や保護者の方々と交流があり、実家を訪ねてくださることなどを耳にすると、本当にありがたく思います。

うちは貧乏だと思って育ったけれど、実はとても人に恵まれた環境であったことを、今は感謝しています。いまだに、クリスチャンになることへの反抗は続けていますが。

■教師への失望から救われた僕の恩返しは

船越教育相談室主宰、「非行」と向き合う親の会京都　船越　克真

私が通った中学校は、京都でも一、二位を争う荒れた学校でした。当時は学校の中で暴力をふるう生徒が多発し、「校内暴力」という言葉がよく聞かれた時代です。

その学校の先生たちは、荒れた生徒にきちんと向き合おうとせず、逃げてばかりでした。タバコを吸っていてもシンナーを吸っていても、指導ひとつするわけではなく、まったく黙認です。なかにはそんな生徒たちに向き合おうとする先生もおられましたが、誰もそんな先生に味方することはありませんでした。

生徒会活動をしていた私は、先生方に動いていただこうと何度も何度も話し合いました。私たちの気持ちを伝えて、先生方の目をこっちに向けてほしかったのです。でも、先生方はまったく動こうとしませんでした。

私たち荒れてない生徒にも向き合う気のない先生方。ましてや荒れた生徒に向き合う気もなく、彼らが卒業してくれるのをただじっと待っているだけの先生方。私は先生という仕事に失望していました。あんなくだらない仕事、人生かけてやるほどのもんじゃない。

自分の職業選択肢の中から早々と消し去りました。

さて、高校に入り、一年生の担任の先生は現代社会の担当でした。その先生は、教科書を一切使わず、ご自分で用意した資料で政治や経済の基礎を教えてくださいました。

私は、先生はみな敵だと固く信じる子どもでしたので、その先生のおっしゃることにいちいち反発しました。でも、その先生は、私の拙《つたな》い考えにひとつひとつ向き合って指導してくださいました、さらに、そんな私に最高点の評価をしてくださったのです。

「私はこの先生みたいになりたい」、そうこころから思いました。

大学に入ってから本格的に教師を志すようになりましたが、その先生との出会いが大きく影響しています。子どもにきちんと向き合える先生。私が彼から学んだ生き方です。

その先生との出会いに救われた私は、今度は自分が、その先生のような先生・大人になる。これが救われた私に課せられた使命であり、自分にできる恩返しだと思っています。

■記憶に残るオレンジと灰色の日々

おきなわ「非行」と向き合う親たちの会（さんぽの会）世話人代表　井形　陽子

一九八〇年代まるごと十代。明るいオレンジ色の日々を歌って笑って過ごした。と、記憶していたが、母によると「中学時代のあなたは灰色だった……」。毎日イライラして帰宅、母にあたり散らしていたらしい。「親や先生が期待するいい子にはならん！」と宣言し、「疲れた」「くそったれ！」が口癖だったとか……。

申しわけないけれどよく覚えていない。三人姉妹の末っ子で、ほどよくテキトウに育てられ、言いたい放題、自由気ままにやっていた。両親が校長室で先生に囲まれた日もあり、母は教師の対応に憤慨したそうだが、そんなことあったっけ？？？　都合よく忘れている。

鮮明に覚えているのは、同じころ、「親はがんばっているのにお前はなんだ！」と正座させられ先生に叩かれたこと。なめ猫と横浜銀蝿ブーム当時つき合っていたツッパリ君から、「お前の母ちゃんＰＴＡ会長だし、迷惑かけるから……」と、別れを切り出された。哀しい……だんだん思い出してきた。

部活も続かず、勉強もぱっとしない。友達とはとりあえず集まる、やることがない、何をやっても不完全燃焼だった中学時代。こんなおもしろくない町もうイヤだ。東京に行きたい。早く就職したい。

「東京&就職」という目標ができてから、勉強をまじめにがんばって、就職率のよい商業高校へ。そこで気の合う友達、尊敬できる先輩、おだやかな先生、次々にときめきの出会いがあり、お祭り騒ぎの学校行事とゆる〜い陸上部で私は息を吹き返し、キラキラのオレンジ色になった。

念願かなって東京の一流ホテルに合格。入社後、華やかな舞台の裏側には表に見えない多くのものが存在する現実を知る。途方もない数の客室、速く美しいベッドメイクとバスルーム清掃を徹底的に仕込まれた。「こんなはずじゃ……」。

十八歳の夢見る夢子にとってピカピカに磨きあげるトイレ掃除は一年間が限界で、あてもなくオーストラリアへ脱出。観光地の土産物屋で「サンキュー」と愛想笑いを使ってごまかしながら働いた。英会話が上達せずに落ち込み、長いこと英語嫌いになった十九歳も、今となってはいい思い出。

都合のいいように形を変えながら記憶に残るオレンジと灰色の日々は、四十代の今もやっぱり続いている。

体罰に負けたくなかった

認定心理士　山中多民子

岐阜県の清流と山に囲まれた田舎町で生まれ育った。小学校までは温かい先生方に見守られのびのび育ち、勉強も運動も大好きな活発な少女だった。

しかし中学に入学し担任になったのは「俺はあと半年終戦が遅ければ特攻隊に行っていた」が口癖の、暴言、体罰が当たり前の男性教師。言うことや機嫌がころころと変わり、授業は教科書を一度も開かず市販のテキストをさせるだけの自習。正義感が強かった私はそんな教師に真っ向から反発し意見したが、受け入れられないどころか目をつけられ、攻撃の対象になってしまった。名指しで罵倒され、嘲笑された。教室で起きた事件の犯人と決め付けられ、私が泣くまで職員室で罵《ののし》られたこともあった。

それまでの私にとって、大人は厳しくもきちんと向かい合ってくれる存在であったので、それは初めて感じた大人への不信感だった。いつしか友人たちはその教師の顔色を見、陰で悪口を言いながらも教師には笑顔を作るようになっていた。私は自分がそうなるのはどうしてもいやだった。得意科目だった担当教科はどれだけ点数が良くても三年間ずっと

「3」を付けられ、部活顧問でもあったため、殴る、竹刀で叩くなどの体罰は日常茶飯事だったが、それでもその教師にこびへつらうことはどうしてもしたくなかった。

後になって母はその頃「毎日ハラハラしていた」と話してくれた。両親で校長に相談しに行ったが何も変わらなかった。しかし母は試合の送迎など部活での教師へのサポートはしっかりこなしていた。そして三年間が過ぎ、卒業式後の保護者慰労会の酒席で、酔ったその教師は母に頭を下げて謝ったそうだ。どんな気持ちだったかはわからない。その話を私にした母はどこか満足そうだったが、私は怒りがわいた。謝るならどうして私に謝らないのかと。

社会人になってから偶然その教師に会う機会があった。こちらの機嫌を伺いながら話しかけてくる教師に、そっけない態度を取るのが精一杯だった。後になってなぜ冷静に気持ちを伝えられなかったのか後悔した。その後その教師は亡くなり、今はもうそれを伝えられる機会はない。

今は私が二人の中学生の子を持つ母となった。DV予防教育で各地の学校に出向いて多くの生徒に出会い、先生からの相談も受ける。親プログラムでは子育てに悩む親の話を聞く。みんないろいろな環境で精一杯生きているのだといつも思う。少しでもそんな人たちの役に立ちたいと願い、悪戦苦闘する私の中には、あの頃の不器用な中学生の私がいる。苦い思い出だが、それは、今でも私の根っこをちゃんと支えてくれているのだ。

熱をもって接すれば

ボクサー、元日本・東洋太平洋ライト級チャンピオン　坂本　博之

私は幼少期に知人からの虐待を受け、児童養護施設で命を繋いだ経験がある。そして小学生の頃、母親に引き取られ福岡県から東京都へ引っ越してきた。母との生活は安定とはかけ離れていたが、精神的には安定していたように思う。そうすると、周囲の子どもと自分とが違う環境にあることに気付いていく。参観日、運動会、遠足。そのような学校行事では、如実に違いが出ていた。学校を下校してから、毎日近くの公園で友達と遊ぶ。夕暮れのチャイムが鳴ると、皆当たり前に家へ帰っていく。友達の背中を見送りながら、とてつもなく寂しかった。

私は乱暴な小学生だったと思う。しかし、友達と笑顔で過ごしていた。

私にとって思春期に起きたある出来事が、その先の自分に大きく影を落としていく。自分と周囲の友達とは、生きている世界すら違って見えた。おのずと自分から距離を取り、学校も休みがちになった。そのままフラフラしていたら、もしかすると今の私はいないかもしれない。

私のことを気に掛けてくれる友達がいたおかげで、私は中学校での居場所をなくさずにすんだ。学校へ行くと、友達は何も変わらず話し掛けてくれた。私はその頃の自分が大嫌いだった。また小学生時代のように、皆で笑い合えたらどんなにいいだろう……。目つきも悪く制服も着崩し、傍から見たら不良にしか見えない私は、内心そんなことを思っていた。

まずはやってみよう。そう一念発起し、中学三年生の夏休みに受験勉強を始めた。何しろ勉強をほとんどしていないので、中学一年生の数学もわからない。私はクラスで勉強ができる友達を毎日かわるがわる家に呼んでは、家庭教師をしてもらった。友達は皆、とても一生懸命教えてくれた。自分なりに勉強で一番頑張ったのは、この時かもしれない。そして、何とか私立の高校へ進学することができた。

私にとって思春期は、今の自分に繋がる道筋ができた時期なのではないかと思う。心底、いやになった時期もあった。しかし、そんな自分を支えてくれたのは、友達であり、同時に自分がこうしたいと思う気持ちの強さだったのではないだろうか？

今を大事に生きていこう。明日から、来週からではなく、今。

今、この瞬間から熱く生きていこう。

「熱をもって接すれば、熱をもってかえってくる」

■「過去」を価値に変える

（株）ヒューマン・コメディ　代表取締役　三宅　晶子

私はいま、「『絶対やり直す』という覚悟のある人を、仕事で笑顔に」をミッションに、非行歴や犯罪歴のある人の教育・採用支援事業をしています。

中学時代の私は、爆音のする原付バイクで通学し、窃盗、暴行、夜遊びと、悪いことばかりしていました。

やっと入った高校も退学になり、入院先のベッドの上で泣いている母を見たときに私が思ったこと。「自分は絶対にこれをネタに変える」。その後、私は進学を志し、二十三歳で大学に入学、大手企業に入社しました。

二〇一四年にその会社を退職し、教育や人材育成の道に進もうと思った私は、困難な部分を見てみようと、児童養護施設や受刑者支援の団体などを訪れました。そこで、矯正施設出身者の半数が再犯に走る事実を知り、愕然としました。

そんな中、ある施設で十七歳の女の子と仲良くなりました。後に彼女が少年院から手紙をくれたのをきっかけに、私は彼女の身元引受人になることを決めます。

三度目の面会で彼女に伝えたこと。

「少年院や刑務所を出所した人のための会社をつくったよ。そこで君が働けば、君は過去を包み隠さなくても、過去があるからこそ同じような人に親身になることができて、君の過去が価値として輝くなあって思ったんだよ。君の誕生日に登記したのはね、毎年、皆で『生まれてきてくれてありがとう』って、伝えたかったから」

彼女からの手紙には、「自分は生まれてきてもよかったんだって、初めて思えた」と書いてありました。


二〇一六年一月から彼女との生活が始まりましたが、まあ大変。彼氏との初デートの夜に家出をし、その後もいろいろです。最初はぜんぶ彼女が悪いと思っていた私でしたが、振り返ってみると『親とはこうあるべき』という思い込みで自分の考えを押し付けていたことや、私がありのままの彼女を受け止めていなかったこと、そして、かつて自分の両親も同じ気持ちを味わってきたことに気づきました。彼女に謝ると同時に、大切なことに気づかせてくれて感謝していること、出会ったときと変わらず大好きなことを伝えました。

身元引受から一年、彼女は地方で彼氏と暮らしています。これから多くの苦労があるでしょうが、必ず幸せになると信じています。

■善と悪、少年院が僕の大学

保護司、ＮＰＯ法人子どもの家足立理事　竹中ゆきはる

昭和四十六年五月二十五日に東京都○○区で生まれました。全国でも治安の悪さはワースト一、二位を争う地域でした。家は、父と母、長男長女、次男そして三男である私の六人家族。都営団地の六畳と四畳半と台所、兄弟四人が一つの部屋で狭くも感じず仲良く暮らしていました。

父には、生みの母親の他に育ての母親がいて戦争遺児でした。母も、父親を戦争で亡くしました。父と母は似たもの同士の戦争遺児でした。母は広島が故郷でしたので、毎年の里帰りのときは原爆ドームや広島の平和記念公園をみて育ちました。

その原風景の感性か、だいぶませた子どもに育ったように思います。小学校は学級委員をやり、「静かにしてください」など真顔で呼び掛けをしていました。中学でも優等生ぶりを発揮し、学級委員、学年委員長、生徒会会長。将来の夢は先生。

そんな時、生意気だった自分をおもしろく思わない同級生からいじめに遭いました。家庭でも父が入院して、借金の取立てが来るようになりました。人の良い父は、同僚の保証

人になって逃げられてしまったのです。だからと言って高校に行けないなんて思いませんでしたが、ある時兄の二人から「お前は、俺たちが働いて学費を出してやるから頑張れよ」と言われ、兄弟に迷惑がかかると思いました。自殺を二度考えました。笑える話で安全カミソリでは深く切れないことがその時わかりました。安全カミソリですからね。

それからグレてしまい番長に。三年の始業式、担任の先生から働くように勧められてしまったのです。四人の非行少年と受験生三百人を天秤に掛けた結果だと察知し、見渡すと蜃気楼のように、校庭に並ぶ生徒たちが映っていました。

その頃保護観察処分になり一人の保護司と出会いました。それは母以上の母神との出会いでした。この母神は私の人生の道しるべの光を四半世紀照らし続けてくれるのです。

卒業式は一回目の鑑別所の中でした。中学を卒業後は、十三年も続いた暴走族の八代目総長を名乗っていました。十六歳で二回目の鑑別所、帰宅すると逮捕した刑事から電話が入り、「これからだぞ、これから頑張れよ」でした。本当なら少年院送致だったのでしょう、鑑別所の法務技官が情状してくれたのかもしれません。裁判官はもう一度社会でのチャンスをくれました。のちにその法務技官に謝りに行きました。

三回目はさすがに許されず十八歳の時、中等少年院送致になりました。少年院の職業訓練で電気科に入り、裁判官がわざわざ面会に来てくれました。異例でした。東北少年院、ここが僕の大学、青春の大切な一ページでした。

にっこり笑う小さな自分を見た

弁護士、社会福祉士　馬場　望

「思春期・青年期」と言われてまっさきに浮かぶのは、「二度と戻りたくない！」という思い。どんよりとした重たいあの日々、何かに夢中になるでもなく、具体的な夢があるわけでもなく、とにかく自分に自信が持てなくて、誰にも私のことなど理解できないと思い込んで、いつもイライラして何かに腹を立てていた。

私が五歳のとき、生まれたばかりの妹が乳幼児突然死症候群で亡くなった。それから、母は答え探しの旅に出た(のだと私は思っている)。なぜあの子は死ななければならなかったのか。人は何のために生まれてくるのか。そして、その旅の途中で、ある宗教に出会い、どっぷりとはまってしまう。時間もお金も心もどんどん宗教に奪われていく。

早期教育が大事と、私もその宗教の教えを聞かされたけれど、どう考えてもこれはおかしいと子どもながらに確信し、母を取り戻したくて葛藤する日々。

その宗教がうたう純潔教育が、思春期の私にはとくにきつかった。誰かに相談してもどうなるものでもない。そもそもこんな話、誰にもできない。さみしかったし、こわかった。

壊れずにいられたいちばんの救いは、母の心のいちばん深いところにあるのが、私を愛し、守りたいという思いだと信じられたこと。そして、頼りなかったけれど、母を見捨てない父の姿があったこと。自分で学ぶ力、考える力を幼いころから身につけさせてもらっていたこと。

何より、暗黒の高校時代の最後に、初めて自分の家庭で起きていることを話せる親友とめぐりあったことは、社会とつながる大きな力になった。

大学卒業後、突然、弁護士になろうと思い立ち、むしょうに心ひかれて子どもに関わる仕事をするようになった。子どもたちと向き合ううちに、さみしかった小さな自分がここに導いてくれたのだと気づいた。

この仕事を始めて十年、さまざまな生きづらさを抱える子どもたちと出会い、一緒に悩み考えながら、人の心のこと、精神世界のことなど、いろいろ学んだ。

「あなたは大切な人。ひとりじゃないよ」と、確信をもって子どもたちに言えるようになったとき、にっこり子どもらしく笑う小さな自分を見た気がした。

■その時の思いは今の自分の中に

臨床心理士　北村　篤司

私は小学校高学年から塾に通い、中学受験に備えて、毎日勉強の日々を過ごしていました。勉強がメインの毎日を苦痛だとは思っていなかったのですが、毎週あるテスト前には必ずお腹が痛くなり、トイレに駆け込むなど、当時の私にはそれなりの負担と重圧がかかっていました。

目標に向けて頑張り結果を出しても、頭のいい子として周囲から見られることが嬉しくなく、何となく居心地の悪さを感じていました。実力をつけて結果を出していく満足感以上に、だんだんと閉塞感を覚え、目立ちすぎないように、親にも先生にも怒られないようにと周囲を気にして生きていたように思います。

その後、合格した中高一貫校は自由な校風で、少し楽に生きられるようになりました。個性的な先生やクラスメイトが多くいるなかで、サッカー部に所属し、朝・昼休み・放課後とサッカーに明け暮れ、休日は友達と互いの家に遊びに行き、ゲームに明け暮れました。

夜の楽しみはラジオでした。マイナーな名曲をかけるラジオＤＪの番組に傾倒し、自分の好きな曲をテープに録音し、テープが擦り切れるまで聴きました。それまで歌謡曲に全く興味がなく、当時大流行していた小室哲哉の名前も知らず、友人に驚かれたこともあった私が、いつの間にか大の音楽好きになっていました。

たくさんの多様な音楽を聴き、流行《はや》りの音楽ではなく、自分の心に響く、声、歌詞、メロディーを探し求めました。まだ売れていないものの、信念のあるロックバンドが好きになり、新宿にあったインディーズショップにドキドキしながら入店し、探していた一枚を見つけ出したこともありました。

心に響いた音楽たちは、時折感じていた大人や社会への疑問、家族への苛立ち、自分はなぜ何のために生きているのだろうといった気持ちのもやもやを浄化し、自分自身の心を大切にすることを教えてくれました。

周囲との衝突を避けて適応的に振舞ってきた自分の中に、流行りや多数派を嫌い、自分自身が納得したように自由に生きたいと願う頑固な自分がいることにも気づきました。

そのときの想いは、少し色褪せていますが、今の自分の中にも根付いているように思います。

岡田　真紀	ライター
平井　威	明星大学教育学部特任教授
小林美由紀	おおいた「非行」と向き合う親たちの会（ぱすたの会）世話人代表
松本　京子	適応指導教室指導員
遊間　千秋	臨床心理士
池田　康子	不登校問題を考える東葛の会世話人
湯浅　妙子	京都府保護司会連合会事務局長、保護司
阿部　和子	大東学園高校非常勤講師
片岡　洋子	千葉大学教授
小久保志津子	自立援助ホーム カリヨンタやけ荘 ホーム長
杉浦ひとみ	弁護士
上田　祐子	心理カウンセラー
小林　良子	社会福祉士、精神保健福祉士、保護司
寺川　知子	東京母親大会連絡会事務局次長
宮崎　隆志	北海道大学教授
柊　ゆうき	札幌「非行」と向き合う親たちの会（ゆきどけの会）代表
N	高校教師
草刈智のぶ	NPO 法人オニバスの種理事長
根津　一秀	新宿区職員
鳥羽　恵	不登校・ひきこもりを考える埼玉県連絡会
遠藤　啓示	家庭裁判所調査官、臨床心理士
平野　和弘	一般社団法人ムーンライトプロジェクト代表理事
杉浦　孝宣	NPO 法人高卒支援会理事長
遠藤　美季	エンジェルアイズ代表
岸本　靖子	スクールソーシャルワーカー
内山　平蔵	群馬「非行」と向き合う親たちの会（からっ風の会）世話人
鈴木　正昭	BBS 連盟会員
坂爪　都	子育てワークショップファシリテーター
瀬戸こころ	奈良「非行」と向き合う親たちの会（つきあかりの会）代表
山王　文恵	新宿区職員
船越　克真	船越教育相談室主宰、「非行」と向き合う親の会京都
井形　陽子	おきなわ「非行」と向き合う親たちの会（さんぽの会）世話人代表
山中多民子	認定心理士
坂本　博之	ボクサー、元日本・東洋太平洋ライト級チャンピオン
三宅　晶子	㈱ヒューマン・コメディ代表取締役
竹中ゆきはる	保護司、NPO 法人子どもの家足立理事
馬場　望	弁護士、社会福祉士
北村　篤司	臨床心理士

執筆者一覧

後藤重三郎　元中学校教師
浅川　道雄　元家庭裁判所調査官、「非行」と向き合う親たちの会副代表
野口のぶ子　元家庭裁判所調査官
能重　真作　元中学校教師、NPO 法人非行克服支援センター理事
安納　一枝　北多摩東退職教職員の会会長
中嶋　庄亮　元家庭裁判所調査官
北澤　信次　元保護観察官、ヒューマンサービス研究ネットワーク代表
田中　郁　編集プロダクション経営
鳥海　永　元教師
岩瀬　暉一　元中学校教師
伊藤　史子　教育相談員
赤尾　嘉樹　いしかわ「非行」と向き合う親たちの会（みちくさの会）代表
丸山　慶喜　学校法人大東学園理事
鈴木　春夫　㈲ブイプラン代表
佐藤　収一　ふくい「非行」と向き合う親たちの会世話人代表
鹿又　克之　不登校問題を考える東葛の会代表
樋口　優子　O.C.S（オープン・コミュニティー・スクール）副校長
鈴木　正洋　山梨不登校の子どもを持つ親たちの会（ぶどうの会）代表
小柳　恵子　ファミリーセラピスト
加藤　暢夫　Ponpe Mintar、社会福祉士
八田　次郎　矯正研修所名古屋支所講師、子どもの人権研究会代表世話人
原　和夫　保護司
森田　耕平　元中学・高校教師
中西新太郎　横浜市立大学名誉教授
山本　鈴子　秋田「非行」と向き合う親たちの会（のき下の会）代表
森　英夫　元高校教師
能登原裕子　ふくおか「非行」と向き合う親たちの会（ははこぐさの会）代表
石田かづ子　雑誌『保健室』編集、元養護教論
八須　信治　社会福祉法人彩の国ふかや福祉会理事長
山本なを子　臨床心理士、スクールカウンセラー
糠信　富雄　保護司
足立眞理子　熊本「非行」と向き合う親たちの会（雨やどりの会）代表
谷中由利子　いばらき「非行」と向き合う親たちの会（うなずきの会）世話人
長汐　道枝　スクールソーシャルワーカー
吉野　啓一　元小学校教師
須藤三千雄　こどもの心のケアハウス嵐山学園理事兼園長
徳井　久康　いしかわ「非行」と向き合う親たちの会（みちくさの会）事務局長
春野すみれ　「非行」と向き合う親たちの会（あめあがりの会）代表

「非行」と向き合う親たちの会（通称・あめあがりの会）は、いつでも扉を開いて、みなさんをお待ちしています。

「非行」と向き合う親たちの会は、一九九六年十一月に発足しました。「非行」に関しては、さまざまな子どもの問題の中でも、親や関係者の悩みは深刻なのに、支え合うことや援助の手をさしのべることがむずかしい状況でした。それは「非行」行為がたいていの場合、他人に迷惑をかける、大人でいえば犯罪であるからです。

子どもが失敗すると、「親の顔が見たい」とよく言われますが、「非行」については、これまでタブー視されて、親たちは孤立していました。しかし、子どもの「非行」の問題を真剣に考えようというとき、「親の顔」だけで済まされないものがあることは、いま、誰の目にも明らかです。

子どもの「非行」に直面した親は、それまでの人生観がくつがえされるような、苦しい体験をし、その中から多くのことを学ばざるを得ません。それは、家庭の子育てにとっても、また、子どもの教育環境を考える上でも、たいへん重要なものであるはずです。

なぜ、子どもたちが荒れるのか。「非行」の真実の姿を見つめる中で、子どもたちの心の叫びも見えてくるのではないでしょうか。また、子どもたちを取り込もうとする大人の犯罪的な組織がたくさん存在している中で、子どもを「非行」から守ることも大切です。

「非行」と向き合う親たちの会は、すべての子どもたちが豊かに成長することを願って、子どもの「非行」に直面した親たちと教師、研究者などが、知恵と力と勇気を出し合って、支え合い、助け合い、学び合う会です。

現在、毎月五回の例会をもっているほか、会報『あめあがり通信』の発行、公開学習会の開催などをおこなっています。会は、いつでも扉を開いて、みなさんの参加をお待ちしています。

〔連絡先〕

〒一六九―〇〇七三　東京都新宿区百人町一―一七―一四
コーポババ21　非行克服支援センター内
TEL　〇三―五三四八―七二六五
FAX　〇三―五三三七―七九一二
メール　ameagari@cocoa.ocn.ne.jp

特定非営利活動法人（NPO）非行克服支援センター

非行克服支援センターは、
①子どもの問題に悩む親や家族を支え、
②子どもたちの非行からの立ち直りをサポートし、
③幅広いネットワークの中で非行をなくしていく取り組みをしていく、
こうした目的で設立されました。
ぜひお力をお貸しください。

住　所　〒一六九―〇〇七三　東京都新宿区百人町一―一七―一四　コーポババ21
TEL　〇三―五三四八―六九九六

●「子どもの問題」「非行」についての相談は、〇三―五三四八―七六九九

「非行」と向き合う親たちの会（通称 あめあがりの会）
「ひこう」とむきあうおやたちのかい
代表：春野すみれ

こんな思春期《ししゅんき》、あんな青年期《せいねんき》

2018年2月10日発行

編　者
「非行」と向き合う親たちの会

発行者
武田みる

発行所
新科学出版社

（営業・編集）〒169-0073　東京都新宿区百人町1-17-14-21
TEL：03-5337-7911　FAX：03-5337-7912
Eメール：sinkagaku@vega.ocn.ne.jp
ホームページ：https://shinkagaku.com/

印刷・製本：株式会社シナノ パブリッシング プレス

ISBN 978-4-915143-55-7　C0095
Printed in Japan